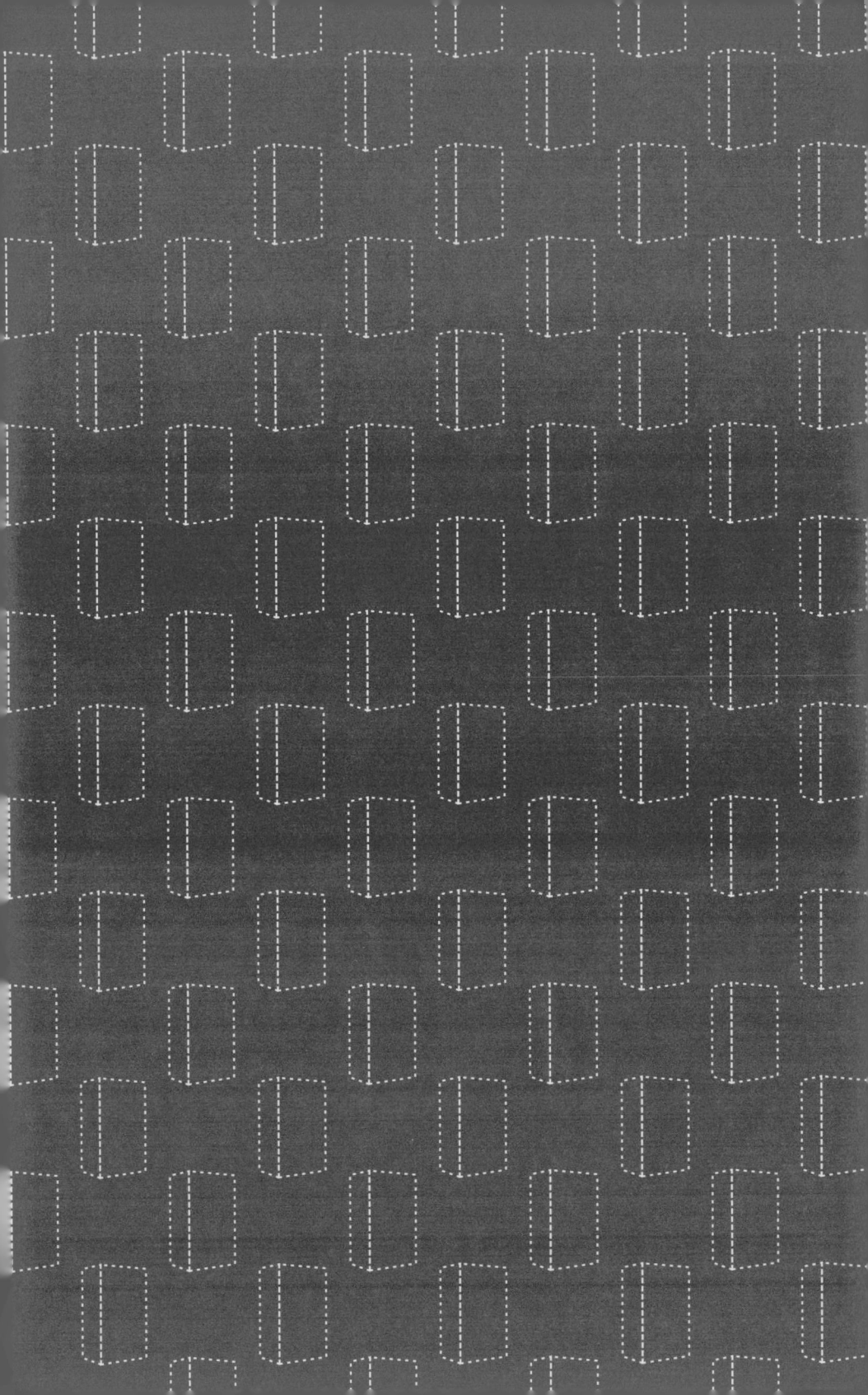

작가정신
소 설 향
0 2 0

슈거
푸시

 ⓒ 이명랑, 2005

· 초판 1쇄 인쇄일 | 2005년 10월 14일 · 초판 1쇄 발행일 | 2005년 10월 20일

· 지은이 | 이명랑 · 펴낸이 | 박진숙 · 펴낸곳 | 작가정신

· 121-210 서울시 마포구 서교동 362-16 개나리 빌딩 5층

· 전화 (02)335-2854 · 팩스 (02)335-2855 · 이메일 jakka@unitel.co.kr

· 홈페이지 www.jakka.co.kr · 출판등록 1987년 11월 14일 제1-537호

ISBN 89-7288-261-5 03810, ISBN 89-7288-092-2(세트)

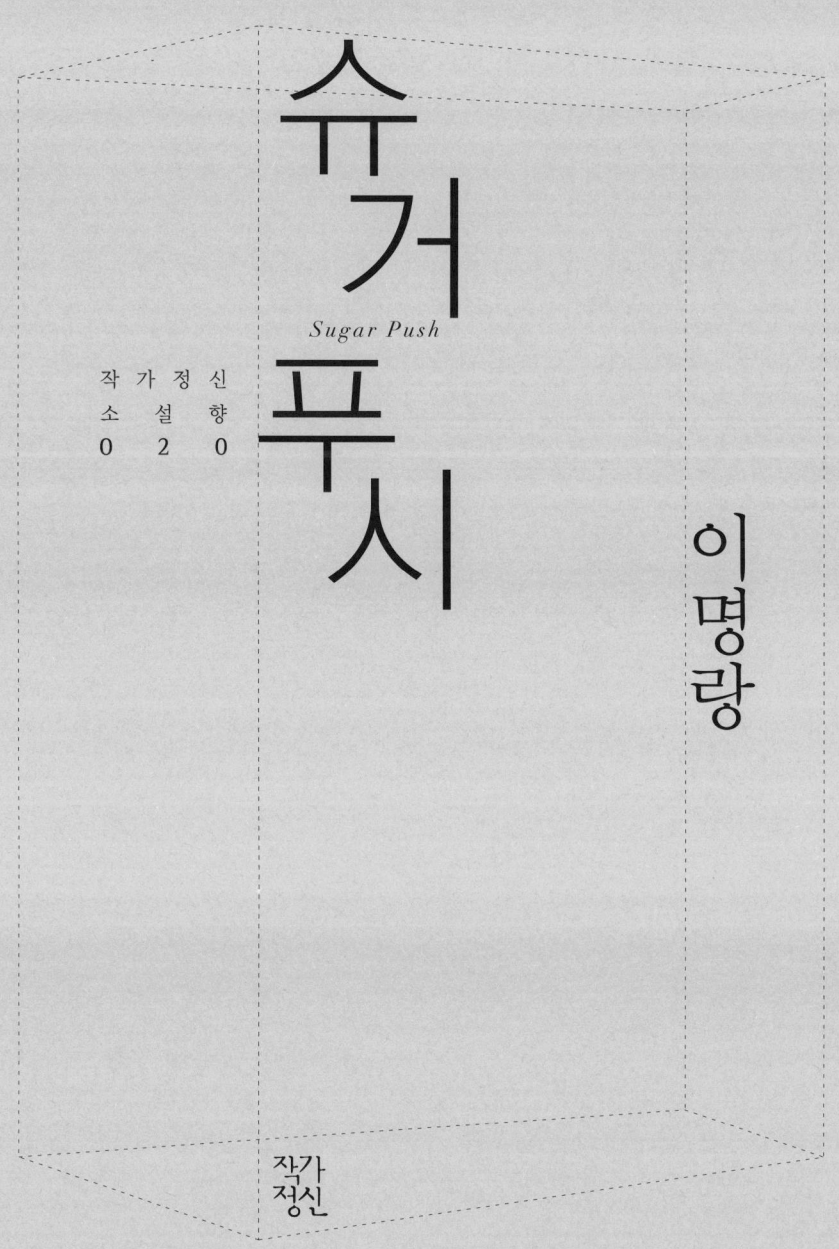

슈거

거

Sugar Push

작가정신
소설향
020

푸

시

이명랑

작가
정신

아름다운 여자가 말했다.

"아름답다는 건 내가 나 스스로 나만의 빛을 발하는 거라고 생각해요. 우리들은 여자잖아요!"

어째서? 이 여자는 왜 이렇게 당당하지? 여자라는 거, 정말 그런 걸까?

여자와 헤어진 뒤, 나는 거울 앞에 가서 섰다. 태어나 처음으로 나를 위해 옷을 벗었다. 거울이 나의 얼굴, 나의 손, 나의 가슴, 나의 팔, 있는 그대로의 나를 모두 보여주고 있었다. 나는 나를 들여다보았다.

:: 작가의 말

정면으로 나를 바라본다는 것⋯⋯. 현기증이 났다. 한시도 떨어져본 적 없는 어떤 대상을 똑바로 바라본다는 것은 말처럼 그렇게 쉬운 일이 아니었다.

"살려면 먹어라! 살기 위해서라도 먹어라!"

삶을 위해 자신을 기꺼이 희생한 내 어머니들의 목소리가 머릿속에서 웅웅거렸다.

'그러나 나는 나의 이 육십칠 킬로그램의 살덩어리를 유지하기 위해 먹고 싶지는 않다. 최소한도로 섭취해야 할 영양분은 가증스럽다.

아무거나 닥치는 대로 마구 쑤셔 넣고 싶다. 먹을 수 있는 거라면 그것이 무엇이든 꾸역꾸역 밀어 넣고 싶다. 마구마구 쑤셔 넣고 밀어 넣고 그러고는 그 과다하게 섭취된 영양분 속에서 허우적대다가 결국에는 넘치는 영양분을 어찌할 수 없어서, 그래, 그렇게 그 넘침 속에 파묻혀 죽고 싶다. 그런 편이 훨씬 더 인간답다.

'인간답다'는 것은 '내'가 '나'를 맘대로 가지고 노는 것이다.'

거울 앞에서 나는 깨달았다. 나는 늘 밑창이 너무 두꺼운 구두를 신고 살아왔다는 것을. 지금 나의 발바닥의 어떤 부분이 바닥과 닿아 있는지를, 한 번도 느껴보려고 하지 않았다. 발바닥 밑으로 느껴지는 바닥은 언제나 그냥 바닥이었을 뿐, 너무 무르거나 너무 거칠거나 너무 딱딱하거나, 그런 느낌이 전혀 없었다. 어쩌면 나는 그런 생생한 느낌을, 몸으로 느낀다는 것이 두려웠는지도 모른다.

언제나 미리 겁을 냈다.

나는 거울 속의 내게 물었다.

"갈 거니?"

입술이 닿았던 자리만큼 거울 위에는 뿌연 얼룩이 남았다. 어쩌면 접촉이란 이런 것인지도 모른다. 누군가의 입술이, 누군가의 살이, 누군가의 마음이 와 닿은 만큼, 꼭 그만큼의 얼룩이 남는 것인지도 모르는데……

그런데도 나는 갈 거냐, 고 묻는 내게 그래, 그러자, 고 고개를 끄덕거렸다.

어느 날 아침 나는 그렇게 문득 내 명의로 어떤, 차표 한 장을 끊었다.

놀란 눈빛으로 제 몸을 처음으로 들여다보고 있을 그녀들과, 이제라도 제 몸의 굴곡이 어떤 것인지 제대로 들여다봐야겠다고 생각하고 있을 그녀들과 이 차표를 함께 사용하고 싶다.

이 명 랑

차례

공개강좌

쉘 위 댄스? 라틴댄스!

가슴이 뛰었다. 달리 표현할 수는 없다. 그 순간에 나는 느꼈다. '느꼈다'는 말, 그래, 내 안에 이런 단어가 숨어 있었다니, 하고 깜짝 놀랐을 만큼 이 말은 낯설었다. 그리고 문득 어떤 특정한 단어에 낯설어하는 내 모습이, 내 마음의 지도가 나를 슬프게 했다. 그것들은 나의 가장 여린 부분을 용케도 잘 찾아내서 그 부분만 집중적으로 공격해 왔다.

내 안에 아직도 굳은살이 박이지 않은 곳이 있다니!

쿡쿡, 바늘 끝으로 찔린 듯 통증이 날카로웠다.

지하 할인마트의 개별 포장대 앞에 서서 잡다한 생활용품들을 비닐봉투에 담다 말고 화장실로 뛰어갔다. 다행히도 화장실은 붐비지 않았다. 문 하나가 열려 있었다. 활짝 열린 문 안쪽에서 하얀색의 변기 하나가 나를 마주봤다. 환청이라고 해도 좋을 그런 소리가 내 귀를 가득 메웠다.

'당신을 기다렸습니다. 어서 들어오세요.'

목소리의 다정함에 왈칵 눈물이 쏟아졌다. 나를 기다린 것 같은 변기 위에 엉덩이를 올려놨다. 플라스틱 변기에는 아직 온기가 남아 있었다. 아무 의미 없이, 그저 누군가 열어놓고 나갔거나 문고리가 떨어져나가 제대로 닫히지 않은 것뿐인지도 모르는데⋯⋯. 그런데도 나는 화장실의 문 하나가 열려 있다는 사실, 이 아무 의미 없는 우연 하나에도 의미를 부여하고 있었다.

'쉘 위 댄스? 라틴댄스!'

개별 포장대 바닥 위에 보란 듯이 펼쳐져 있던 문화센터 겨울 프로그램 안내서.

나무들이 하얀 눈송이를 맞으며 서 있다. 눈송이들은 겨울나무의 가지 끝에 맺힌 꽃. 하얀 화관을 쓴 나무들이 제가 온통 꽃으로 뒤덮인 줄도 모르고 지금도 하염없이 꽃 속으로 걸어 들어

가고 있다. 수십, 수백 그루의 나무들이, 겨울나무들이.

나무. 나무는 내게 언제나 하나의 의미로 다가온다. 완전한 침묵. 고요. 그리고…… 그리고…… 사랑.

나는…… 어떤 나무를 한 그루, 만졌더랬지. 무수한 가지들을 제 밑동보다도 더 굵게, 더 풍성하게 만들어 어딘가, 이곳이 아닌 저 어느 곳을 향해 떠나보내고 있던 그 나무는, 그 나무의 줄기는 대지 쪽으로 내려갈수록 빈약했다. 우연히 그 나무의, 곧 부러질 듯한 밑동을 보게 되었을 때 나는 뛰어가 그 나무가 기댈 버팀목이 되었다. 내가 그 앞에 서서 내 등을 내밀었을 때, 어디선가 바람이 불어왔고 바람에 실려온 그 나무의 무수한 가지들이 내 등을 감싸 안았다. 나는 지금도 그 촉감을 기억한다. 허름하고 외진 들판에 스며드는 저물녘과 같이 내 몸에 깃들던 그 손길을. 그 손길 아래서 내 몸은 물기를 되찾아갔었지…….

고작해야 종이 위에 프린트된 흔한 풍경과 낡은 이미지 속에서 불쑥 튀어나온 문구 하나가 내 마음의 지형을 이렇게 제멋대로 바꿔놓다니……. 그 사실에 다시 한 번 놀라면서 나는 손에 들고 있던 전단을 반으로 접었다. 그 순간에 손을 조금 떨기도 했다. 처음 동네 구멍가게에서 몰래 풍선껌 하나를 훔쳐 주머니에 쑤셔 넣었던 그날처럼.

문고리가 제대로 잠겨 있는지 재차 확인했다. 문고리는 처음부터 제대로 잠겨 있었다. 그런데도 새삼 안심이 되었다. 숨을 길게 들이마셨다.

하나아— 두우울— 세에엣—.

천천히 숨을 내쉬었다. 가슴이 부풀어 올랐다 내려앉은 시간의 길이에 비례해서 마음이 안정되어가기를 바랐지만 그렇게 되지 않았다. 대신 손끝의 떨림이 더해갔을 뿐이다.

나는 여전히 떨리는 손으로 겨울나무들 위에 프린트된 글자들을 하나씩 쓰다듬었다.

'쉘 위 댄스? 라틴댄스!'

여덟 개의 글자들을 손가락 끝으로 더듬는 동안 담배 연기를 빨아들이듯 떨림을 들이마셨다. 되도록 깊고 천천히. 떨림이 온몸으로 퍼져갔다.

폐점 시간이 얼마 남지 않았다. 다행히도 없어진 물건은 없어 보였다. 바지 뒷주머니에 찔러 넣었던 영수증을 꺼냈다. 보솜이 IQ 15,900원, 토들러 50 5,400원, 아기물티슈 3,170원, 냉동 수입찜 16,720원, 아몬드후레 1 3,380원, 2080치약 1 2,950원, 기타 등등.

영수증에 깨알같이 박혀 있는 품목과 물건들을 비교하는 데는 십 분도 채 소요되지 않았다. 예상대로 없어진 물건은 없었다. 휴우, 안도의 한숨이 흘러나왔다. 한숨과 함께 어느새 나는 다시 소심한 아줌마로 되돌아갔다. 배가 볼록해진 비닐봉투를 들고 상행 에스컬레이터를 탔다. 폐점 시간이 가까워서인지 백화점 정문에는 그 어느 때보다도 사람들이 많았다. 아니 우글거리고 있었다. 상품권 받는 곳 앞에서 사람들은 하나같이 인상을 쓴 채로 서 있었다. 나는 서둘러 줄지어 서 있는 사람들 쪽으로 뛰어갔다. 얼마 뒤에는 그들과 마찬가지로 인상을 썼다.

날이 무척 추웠다. 비닐봉투를 들고 있던 손이 얼얼해졌을 즈음에 드디어 나의 차례가 왔다. 백화점 직원은 고개 한 번 드는 법이 없이 연속적으로 전자계산기를 두드리고 있었다. 나는 그의 동그란 머리 앞에 영수증을 내밀었다. 데스크 표면에 쫙 달라붙어 있던 동그란 머리가 별안간 허공으로 '튀어올랐다. 그 갑작스런 움직임에 나는 깜짝 놀랐다.

"마트에서 구입하신 물건은 반으로 정산합니다."

다른 설명 없이 직원은 내게 영수증을 되돌려주었다. 그리고 곧바로 "다음 분!"을 외쳤다. 나에게는 왜 상품권을 주지 않는지 납득이 되지 않았지만 우선은 줄에서 비켜섰다. 더 이상 시간을 지체했다가는 뒤에 서 있는 사람들에게 봉변을 당할지도 모르겠다는 생각이 들었다. 모두들 하나같이 험상궂은 얼굴을 하고 있었으니까.

상품권은 단념해야 했다.

"바보같이!"

남편은 뭐 어쩔 수 없다는 듯이 말했다. 그러나 그의 얼굴에는 '섭섭하군'이라고 씌어 있다. 남편은 이왕이면 상품권을 받는 편이 낫다면서 세일 기간이 되기를 기다리고 있었던 것이다. 언짢은 표정의 남편을 보면 언제나 괜히 미안해진다.

욕실로 들어가 문을 잠갔다. 때로는 이런 문이 필요하다. 두께가 얇은 문 하나로도 나는 나를 멀찍이 떨어뜨려놓을 수 있는 것이다. 나를 에워싼, 일상의 냄새를 흠씬 풍기는 장면들로부터.

간신히…… 살 것 같다.

세면대 위에 걸려 있는 거울이 민망하게도 나를 똑바로 바라보고 있다. 나의 얼굴, 나의 손, 나의 팔, 있는 그대로의 나를 모두 보여주고 있다. 거울 앞으로 가서 나는 나를 바라본다. 정면으로 나를 바라본다는 것……. 현기증이 난다. 한시도 떨어져본 적이 없는 어떤 대상을 똑바로 바라본다는 것은 말처럼 그렇게 쉬운 일이 아니다.

쌍꺼풀이 두껍게 진 눈. 툭 불거져 나온 광대뼈. 윗입술 오른쪽에 박혀 있는 까만 점 하나까지. 언제나 똑같은 얼굴 하나가 나를 바라본다. 거울 표면에다, 아니 언제나 똑같은 얼굴에다 입술을 가져다 댄다.

"갈 거니?"

입술이 닿았던 자리만큼 거울 위에는 뿌연 얼룩이 남는다. 어쩌면 접촉이란 이런 것인지도 모른다. 누군가의 입술이, 누군가의 살이, 누군가의 마음이 와 닿은 만큼, 꼭 그만큼의 얼룩이 남는 것인지도 모르는데…….

그런데도 나는 갈 거냐, 고 묻는 내게 그래, 그러자, 고 고개를 끄덕거린다.

"뭔가 부족하니?"

나는 아니, 라고 거울 속의 나를 향해 대답한다. 나는 가족을 인생의 전부로 알고 사는 남자의 아내다. 그렇게 생각하면서도 여전히 어딘가 허전하고 여전히 어딘가 불만족스럽다.

이 느낌은 한동안 계속되리라. 그리고 아마도 황급히 구겨 넣었던 저 전단 한 장이, 그 속의 겨울나무들과 여덟 개의 글자가 나의 점퍼 주머니에 숨겨져 있는 동안은 나는 쉽게 잠들지 못하리라. 어쩌면 이 불면의 시간 동안 나는 낯설지만 싫지 않은 이

허전함을, 이 허전함이 불러들이고 있는 떨림을 은밀하게 즐길 지도 모른다.

아마도 그럴 것이다.

그 옛날 저 허름한 동네 구멍가게에서 처음 풍선껌을 훔친 그 날, 주머니 속에 들어 있는 한 통의 풍선껌을 만지작거릴 때마다 손바닥에 전해져 오던 그 생생하고 이상한 떨림을 놓아 보내지 않으려고 밤이 이슥하도록 동네를 배회하고 다녔던 것처럼.

아름다운 여자다

찰랑거리는 검은 머리카락. 선이 고운 어깨. 잘록한 허리. 허리 위에 가지런히 놓여 있는 앙증맞은 손. 곧게 뻗은 다리. 그리고 다시 또 눈을 주게 되는 엉덩이까지. 만져보고 싶은 몸이다. 캐러멜처럼 쫀득거릴 것 같다. 살짝 손끝만 갖다 대어도 손가락을, 손가락이 달려 있는 손을, 팔을, 팔이 달려 있는 몸통을, 죄다 쪽쪽 씹어버릴 것 같은 몸이다.

"공개강좌 보러 오신 거죠?"

아름다운 여자의 까만 머리카락이 출렁거렸다. 그녀의 눈이 내게 고정됐다. 바보같이, 그 순간에 나는 다름 아닌 볼록 튀어나온 똥배를 쓰다듬고 있었다. 아주 잠깐이지만 똥배를 가리고 있는 나의 투박한 손등 위로 여자의 시선이 머물다 갔다. 나는 얼굴을 붉혔다. 여자의 눈이 유모차에 앉아 있는 현에게 가서 멈추었을 때는 온몸이 화끈거렸다.

'괜한 짓거리를 한 거야.'

유모차의 손잡이를 고쳐 잡았다. 유모차의 방향을 틀었다. 문은 이미 열려 있다. 쭈욱―유모차를 밀고 나가면 그만이다. 문까지 열려 있다니……. 빨리 나가라는 말을 들은 것처럼 부끄럽다.

"유아놀이방에 맡겨두고 오세요! 꼭 오세요!"

무슨 뜻인지…… 고개를 돌려 여자를 바라보았다. 여자는 고개를 끄덕거렸다.

왜 내게 고개를 끄덕거린 거죠?

유모차를 밀고 나왔다. 계속 전진했다. 유아놀이방, 유아놀이방, 유아놀이방, 유아놀이방…… 같은 단어를 끝없이 중얼거렸다. 마법의 주문을 외운 것처럼, 기적이 이루어졌다.

대상 : 만 1세~만 6세

시간 : 수강 전 10분~수강 후 10분

※단, 강의 수강자의 자녀에 한합니다.

유아놀이방 문을 열었다. 문을 열자마자 눈꽃 같은 백열등 불빛이 밀려들었다. 미끄럼틀이 하나 있고 그 주변으로 간이 시소와 장난감 자동차들이 어지럽게 흩어져 있었다.

"머야?"

현이 손가락 끝으로 미끄럼틀을 가리켰다.

"미끄럼틀."

손바닥에 애정을 듬뿍 담아 현의 머리를 쓰다듬었다. 나와 현은 앞에 놓인 장난감들을 바라봤다. 장난감들은 하나같이 앙증맞고 사랑스러웠지만 현실의 어디에서건 쉽게 마주칠 수 있는 것들뿐이었다. 방 중앙에 놓여 있는 미끄럼틀도, 단발머리 여자아이가 타고 있는 자동차도. 유아놀이방에서 장난감을 가지고 노는 아이들의 모습이 내게는 마치 현실적응훈련을 받고 있는 난쟁이들처럼 느껴졌다.

"지금 21개월인데, 괜찮을까요?"

"한 시간인데요 뭐. 이 아이들도 다들 잘 놀고 있잖아요."

보모의 말대로 고만고만한 서너 명의 아이들이 놀고 있었다. 우는 아이는 한 명도 없었다. 아이들의 얼굴을 유심히 쳐다보았다.

저 아이들의 엄마들은 지금 무얼 하고 있을까? 구슬을 꿰고 있을까? 그럴지도. 자신이 직접 구슬을 꿰어 만든 헤어핀을 가지고 와서 딸아이의 머리에 꽂아주려고? 왠지 이런 상상은 맥이 빠진다. 갈색 스웨터를 입고 있는 저 사내아이의 엄마는? 글쎄…… 홈패션 강의실에서 커튼을 만들고 있을까?

싫다. 겨우 그런 정도를 위해 아이들을 맡겨놓는 엄마라니!

나는 그런 엄마는 되고 싶지 않다. 구슬을 꿰고 바느질을 하고 있는 '나'는 집에서도 충분하다. 현관문을 빠져나올 때 그 순간에 이미 그런 '나'의 허물은 벗어두고 나와야 되지 않을까?

"그렇지? 엄마 말이 맞지?"

나의 질문은 느닷없다. 그런데도 현은 고개를 끄덕거렸다. 이럴 때의 현은 조련이 잘된 어린 짐승이다.

"머야?"

현은 다시 미끄럼틀을 가리켰다. 지금 현의 머릿속에는 미끄럼틀밖에는 없다.

"타고 싶니?"

유모차의 안전버클을 풀어주려고 하자 아이는 버둥거리기 시작했다. 현의 눈은 보모에게 고정되어 있다.

네까짓 게, 겨우 두 살짜리가 뭘 안다고 남의 눈치를 살피니!

잔뜩 얼어붙어 있는 아이에게 느끼는 감정은 차라리 슬픔이다.

"가자."

유모차를 밀고 나왔다. 다목적실에서 흘러나오는 음악에 복도마저 휘청대고 있었다. 휘청대지 않고 똑바로 엘리베이터 앞까지 걸어가는 데는 많은 노력이 필요했다. 그러나 악착같이 쫓아와 몸에 달라붙는 선율.

미친…….

어느새 나는 다시 다목적실의 문 앞에 서 있었다.

"아니, 아니 이렇게! 배에 힘주고 록 스텝! 그렇지, 거기서 다시 한 번 돌고 돌아서 만나고! 잘하셨어요. 그런데 만나면 빨리 다시 떨어져야지 왜 계속 붙어 있어요? 뭐야, 만나니까 떨어지기 싫다는 겁니까?"

문틈으로 다른 곳을 훔쳐봤다. 잘 닦인 마룻바닥, 그 반짝이는 표면 위에서 목련꽃처럼 만개한 백열등 불빛, 리듬에 맞춰 꽃잎을 잘게 흩뿌렸다가 또 언제 그랬냐는 듯이 다시금 만개 직전의 꽃봉오리로 되돌아가는 불빛 아래서 무엇에 홀린 듯 뛰어다니고 있는 금색, 은색의 댄스화들, 한쪽에 가만히 놓인 피아노에서 들려오는, 아직 연주되지 않은 음악 하나를 둘로 둘을 넷으로 넷을 수많은 파편들로 부풀려 빈 것을 온전한 채움으로 바꾸고 있는 거울들……. 거울의 중앙에 서서 한 여자가 병이라 불러도 좋을 그 무엇을 전염시키고 있었다.

저 여자는 왜 저렇지? 뭐가 저렇게 당당하지? 겨우 춤이나 추는 주제에.

여자는 춤을 추었다. 가쁘게 숨을 몰아쉬었다. 한 바퀴 돌고 다시 돌아와 소리쳤다.

"아름답게! 예쁘게!"

한 여자가 주문을 걸고 있었다. 여자가 오른손을 들었다. 여자의 오른편에 놓여 있던 오디오에서 여자를 닮은 선율이 흘러나왔다. 가장 먼저 시선이 머물게 되는 여자의 봉긋 솟아오른 가슴처럼 시작부터 가파르게 튀어 오른 리듬에 맞춰 여자가 오른발을 치켜들었다. 여자가 치켜 올린 발밑으로 바지를 꽉 채우고 있는 탄탄한 허벅지가 근육을 드러냈다. 앞줄에 서 있던 한 주부가 혀를 내밀어 입술을 축였다. 똥배가 나온 열댓 명의 주부들이 여자의 마법에 빠져들고 있었다.

"저기요, 다목적실에서 지금 하고 있는 수업, 그거 라틴댄스 맞나요?"

"네, 그렇습니다."

"초보자도 가능한가요?"

"네, 그렇습니다."

"수강료는 비싼가요?"

"아닙니다. 삼 개월에 육만오천 원입니다. 강의는 한 학기에 열두 번 있습니다. 신청하시겠습니까?"

여직원이 신청서를 내밀었다. 생각할 틈도 없었다.

"여기 있습니다. 수강증 확인하십시오. 강의는 12월 1일부터 시작됩니다. 안녕히 가십시오."

한 장의 종이 위에 글자들이, 나의 이름이 박혀 있다. 그것도 아주 뚜렷하게.

수 강 증

기　　수: 26

회원 번호: 26—029

성　　명: 이소희

프로그램명: 라틴댄스 B165

수 강 료: 65,000원

○○백화점 문화센터

여직원의 음성은 기계음이었다. 그녀는 로봇이었다. 그런데도 나는 그녀가 불쾌하지 않았다. 오히려 저 여자는 저렇게 서서 저 똑같은 말을 온종일 몇 번이나 반복해야 되는 걸까, 안됐다는 생각을 했다. 측은했다. 할 수만 있다면 로봇을 닮은 저 여직원에게도 수강증을 하나 끊어주고 싶었다. 지금 내 점퍼 주머니에 들어 있는 것과 똑같은 걸로 하나.

어느 날 아침 나는 그렇게 문득 내 명의로 어떤, 차표 한 장을 끊었다.

베이직

Heel

나의 뒤꿈치 따위 누구도 눈여겨보지 않는다. 그것은 나의 경우도 마찬가지다. 다른 사람의 뒤꿈치 따위를 보겠다고 구태여 고개를 숙이거나 하지는 않는다. 고개를 숙이기 위해서는 턱을 안쪽으로 끌어당겨야 하고 그런 자세로 오래 있다 보면 자연히 뒷덜미가 뻐근해진다. 아무짝에도 쓸모없는 남의 뒤꿈치 따위를 보자고 이런 불편함을 감수하고 있다면 당신은 분명 구린 구석이 있는 '놈'이거나 '년'임에 틀림없다.

여점원들의 뒤꿈치가 수시로 시야를 가렸다. 아니, 이 표현은 턱없이 황당무계하다. 여점원들의 뒤꿈치를 자꾸만 바라봤다, 고 말하는 편이 사실에 가깝다. 그러나 이 표현도 진실에 근접해 있는 것은 아니다. '바라봤다'는 단어에는 어느 정도의 '능동성' 이 내포되어 있기 때문이다. 그리고 더 나아가 '능동성'이라는 단어는 '의지'라는 낱말과 같은 의미로 해석될 여지가 충분하기 때문이다.

그 순간의 나의 행동을 설명하기 위해 '능동성'이라든가 '의 지'라는 단어를 갖다붙인다는 것은 터무니없는 억지다. 나는 어디까지나 무의식의 지배를 받는다. 그 지배의 강도가 어느 정도 인가 하면 내가 지금 무슨 목적으로, 무슨 행동을 하기 위하여, 어디에 와 있는가, 까지도 송두리째 망각해버리곤 한다.

그저 나의 무의식이 내게 명령하는 대로 다른 사람들의 뒤꿈치를 노려보고 있으면 그 다음부터는 나도 모르는 사이에 '어떤 소유'가 일사천리로 진행되곤 했다. '어떤 소유'의 진행을 가로막는 장애물 따위는 없었다. 이제까지는 말이다.

어떻게 된 일이지…….

초조해지기 시작했다. 눈의 흰자위까지 붉게 달아오른 느낌이다. 오른쪽 눈에서 먼저 눈물이 한 방울 흘러나왔다. 손등으로 눈물을 닦았다. 역시 같은 정도로 붉어진 왼쪽 눈에서도 눈물이 새어나왔다. 짜증스럽다. 이번에는 양손을 모두 갖다 대고 눈을 비벼댔다. 그렇게 하고 있으면 잘 풀리지 않고 있는 '어떤 소유'가 마치 잘 진행되기라도 할 것처럼.

"괜찮으세요?"

넥타이 코너의 뒤꿈치였다. 너무 세게 문질러댔는지 눈알까지 얼얼하다. 좀 전까지 노려보고 있던 뒤꿈치를 올려다봤다. 여점원이었다. 뒤꿈치에서 여점원으로, 그렇게 갑자기 물건에서 생명체로 변한 여점원의 얼굴을 정면에서, 한참 동안, 똑바로 들여다봤다.

하마터면 '이 무례한 것'이라는 말이 튀어나올 뻔했다. 감히 뒤꿈치 주제에 입을 벌리고 게다가 말까지 하다니!

"괜찮으세요? 제 식염수라도 빌려드릴까요?"

"누가 그런 걸 빌려달랬나요? 웬 친절이에요!"

가능한 한 화를 내지 않으려고 했지만 나의 빈약한 의지로는 역부족이었다. 퉁명스럽게 쏘아붙인 것만으로는 충분하지가 않았다. 여점원의 탱탱한 엉덩이를 걷어차주고 싶었다. 그러나 그렇게까지는 하지 못했다. 대신 나의 분노를 최대한으로 표현하

기 위해 손에 들고 있던 넥타이를 진열대 위에 아무렇게나 집어
던졌다.

"디자인이 죄다 형편없잖아."

총총걸음으로 구두 코너로 옮겨 갔다. 넥타이 코너에서 완전히
벗어나고서도 한동안 뒤통수가 따끔거렸다. 살갗이 까진 것처럼.

"찾는 디자인이 따로 있으십니까?"

구두 매장의 뒤꿈치가 어느새 내 쪽으로 걸어오고 있었다. 이
번에도 역시 일이 꼬여가고 있다는 걸, 직감으로 알 수 있었다.
나의 뒷덜미는 벌써부터 뻐근해졌다. 나에게는 아무짝에도 쓸모
없는 남의 뒤꿈치나 노려보느라고 말이다. 이렇게 해야 된다, 꼭
그래야만 된다, 작정을 해봤자 잔뜩 긴장할 뿐이다.

굳어버린 목을 가까스로 들어 올렸다. 남자였다. 뒤꿈치에서
남자로, 이번에도 역시 물건에서 생명체로 갑자기 탈바꿈해버린
남자 직원의 얼굴을 정면에서, 한참 동안, 똑바로 들여다봤다.
험상궂은 얼굴이군, 가슴이 두근거렸다.

그의 오른손에는 구두주걱이 들려 있었다. 그가, 구두주걱을
든 손을 약간 움직였을 때, 나는 심장이 얼어붙는 듯했다. 느닷
없이 구두주걱이 나의 면상을 후려치는 장면이 뇌리를 스쳤다.

오싹했다.

"어디 편찮으십니까?"

"네? 아뇨. 그냥 좀 춥네요."

이 사람도 어떤 여자의 남편이겠지. 한 가정의 가장으로서 "해라!"라는 말을 달고 살겠지.

할 수만 있다면 그의 오른손에 들려 있는 구두주걱을 빼앗아 그걸로 그의 턱을 사정없이 갈겨주고 싶었다. 그러나 이번에도 역시 나는 그렇게 하지 못했다. 오히려 그런 상상만으로도 몸서리가 쳐졌다. 내가 어떻게 감히…….

"이 신발은 발이 참 편합니다. 아버님께 선물하실 겁니까?"

그럴 마음이라고는 눈곱만큼도 없다. 그런데도 나의 고개는 제멋대로 까딱거렸다. 나의 의지와는 전혀 상관없이 이런 정도까지 나는 조련이 되어 있었다.

어쩌면 엄마는 정말 유능한 조련사였는지도 모른다.

"사람들이 효도 신발이라고 하는 거 있죠? 그게 바로 이겁니다. 여길 한번 보십시오. 밑창에 이렇게 에어 처리를 해놔서 아무리 오래 신어도 피곤한 줄 모릅니다. 디자인이야 남자들 구두 다 비슷비슷한 거 아닙니까? 웬만하면 이걸로 결정하세요, 사모님."

결정을 내리지 못하겠다고 하면 이 남자는 또 무슨 말을 지껄여댈까? 내가 그의 말에 동의할 때까지 어떻게든 나를 설득할 것이다. 세상에는 딱 두 부류의 인간이 있다. 설득하는 사람과 설득당하는 사람. 그리고 세상은 이 두 부류의 인간을 공평하게 사랑하지 않는다. 결국에는 설득하는 사람들에게 세상까지도 설득당하고 마는 것이다.

엄마는 언제나 설득해야 했고 나는 늘 설득당해야만 했다. 그래야 우리가 함께 살 수 있었으니까.

"그럼 다른 걸로 보여드릴까요? 이쪽으로 한번 와보세요."

남자의 입이 다시 벌어지고 잇달아 '설득의 말들'이 나를 향해 돌진해 왔다. 입속에 하나 가득 말을 담아 물고서 나는 우물쭈물했다. 딱히 그럴 까닭도 없으면서 마음이 조급해졌다.

조급한 나머지 내가 고개를 끄덕거리게 될 때까지 이 남자는 계속 사정없이 지껄여대겠지. 그것이 이 남자가 여기, 구두주걱을 들고 서 있는 이유니까.

아무쪼록 너는 너의 본분에 충실하도록. 그러나 나는 그만 봐주지 않으련?

나는 내가 가고 싶은 곳을 향해 걷기 시작했다. 그런데도 나는 나의 등에 와서 꽂히는 그의 시선을 의식해야 했다. 무슨 못돼먹은 짓거리를 한 것처럼 주눅이 들었다.

'이래가지고는 영 틀렸어.'

맥이 빠졌다. 스낵코너로 내려갔다. 떡볶이, 냉면, 짬뽕밥, 조각피자. 그 외에도 갖가지 이름의 갖가지 먹을거리들.

살고 싶으면 먹어라! 살기 위해서라도 먹어라!

엄마의 목소리가 귓속에서 윙윙댔다.

그러나 나는 나의 이 육십칠 킬로그램의 살덩어리를 유지하기 위해 먹고 싶지는 않다. 최소한도로 섭취해야 할 영양분은 가증스럽다. 아무거나 닥치는 대로 마구 쑤셔 넣고 싶다. 먹을 수 있는 거라면 그것이 무엇이든 꾸역꾸역 밀어 넣고 싶다. 마구 쑤셔 넣고 밀어 넣고 그러고는 그 과다하게 섭취된 영양분 속에서 허우적대다가 결국에는 넘치는 영양분을 어찌할 수 없어서, 그래, 그렇게 그 넘침 속에 파묻혀 죽고 싶다. 그런 편이 훨씬 더 '인간답다'.

'인간답다'는 것은 '내'가 '나'를 맘대로 가지고 노는 것이다.

그러나 이번에도 역시 나는 그렇게 하지 못했다. 과다할 정도까지는 아니라고 해도 허기는 면하고 싶다, 고 생각하면서도. 아침부터 아무것도 먹지 않았다. 먹지 못했다. 오전 내내 '어떤 소유'에 대해서만 생각했다. 궁리했다. 머릿속에 하나 둘씩 '계획'이 들어찰수록 긴장감이 고조되었다. 집을 나서기도 전에 벌써 나는 긴장감으로 머리가 터질 지경이었다.

나는 완전히 전의를 상실해버리고 말았다. 하디스에 가서 콜라 한 잔을 주문했다. 탄산음료가 들어가자 뱃속이 부글거렸다. 신물이 넘어왔다. 차라리 빵이나 하나 사먹을걸, 빵이 아니라 콜라를 선택했다는 사실을 나는 후회하기 시작했다. 하기야 내게 '선택'이란 행위는 '후회'라는 어설픈 감정과 다름없다.

"지금 막 나온 바게트, 피자 바게트 빵이 두 개에 오천 원입니다. 어서 오십시오."

피자 바게트 위에는 노란 치즈가 듬뿍……. 참 쫀득거릴 것 같다. 입 안 가득 침이 고였다. 참지 말고 나를 먹어요, 피자 바게트의 유혹. 참을 수 없을 정도다.

지갑을 열었다. 지폐보다도 먼저 종이 한 장이 눈에 들어왔다.

수강증. 회원번호 26-029. 성명 이소희. 수강료 65,000원.

"육만오천 원."

지갑을 닫았다. 그제야 나는 내가 여기에 왜 앉아 있는지, 무엇을 도모하기 위해 굶주림을 견디고 있는지를 떠올릴 수 있었다.

육만오천 원. 그것이 바로 지금 내가 여기 있는 이유의 전부인 것이다.

남편이 주는 생활비는 언제나 '정확'하다. 너무 빠듯해서 궁핍을 느낄 정도도 아니고 너무 충분해서 돈 쓰는 일이 시들해질 정도도 아니다. 월말이면 날아오는 각종 고지서들을 봤을 때 섬뜩해지지 않을 만큼, 딱 그만큼만 허용된 돈. 허용…….

만약 그 이상의 것을 내게 허용해달라고 한다면, 남편은 과연 뭐라고 할까? 허용해줄까? 그는 설득하려 할 것이다. 나는 또 설득당할 것이다. 그래야 우리가 한 집에서 함께 살 수 있으니까. 그래, 그러니까. 그가 주는 생활비는 넘치지도 모자라지도 않는 '정확한' 액수니까. 너무 정확하고 딱 들어맞아서 반박의 여지 따위 없는 것이니까.

그런데도 나는 당신 몰래 육만오천 원을 썼답니다. 어디에 썼냐고요? 꼭 필요한 지출이었냐고요? 어떤 물건을 구입했냐고요? 그걸로 우리 가족이 전부 행복해질 수 있는 거냐고요? 네, 알아요. 올바른 씀씀이는 의당 그런 것이지요. 네, 나도 잘 안답니다. 귀에 딱지가 내려앉도록 들어왔으니까요. 자, 이제 공개를 하라고요? 당신 몰래, 당신까지 속여가며 육만오천 원이란 거금을 들여서 구입한 물건이 과연 무엇인지. 그럼 이제 공개를 하죠. 여기 있어요. 내 손바닥 위에 있는 이게 뭐냐고요? 봐요, 수강증이잖아요.

아, 당신 얼굴이 일그러지고 있어요. 화난 거예요? 미쳤다니요. 나는 멀쩡하답니다. 제발 그러지 말아요. 찢지 말아요. 잘못했어요. 그래요, 잠깐 정신이 나갔었나봐요. 미안해요. 네, 네, 그래요. 언제나 그랬듯이 당신 판단이 모두 옳아요. 환불이요? 정말이지 잘못했어요. 환불은 불가능하대요. 제정신이 아니라고요? 오, 제발, 제발 그러지 말아요. 이런 일 다신 없을 거예요. 이젠 생활비를 저한테 맡기지 않겠다고요? 네, 네, 그렇게 하세요. 당신 말이라면 무엇이든. 네, 그렇게 할게요. 아이처럼 복종할게요.

속이 쓰리다. 빈속에 콜라를 마시다니⋯⋯. 남편이 옆에 있었다면 분명 나의 잘못을 지적했을 것이다. 그러나 이미 엎질러진 물이다. 다시 주워 담으려고 해봤자 주워 담을 양동이도 없다.

죄다 털어놓겠다고? 이소희, 너는 어쩜 그렇게 용감한 발상을 할 수가 있니? 용서를 구한다고 용서를 받을 수 있는 사람은 선택받은 소수뿐이다. 그리고 나는 그 선택받은 소수가 아니다.

남아 있는 콜라를 마저 마셨다. 입을 벌리고 있는 휴지통을 향해 빈 컵을 날렸다.

나이스 슛!

자리에서 일어섰다. 주먹을 불끈 쥐었다.

어떤 일이 있어도 이번 달 생활비에서 써버린 육만오천 원을 메워놔야 한다. 계획했던 대로 타깃은 구두 아니면 넥타이다. 남편을 위해 소용될 수 있는 물건이라야만 한다.

다시 1층 잡화매장으로 올라갔다.

뒤꿈치들이 살아 움직이고 있었다. 이런 경우는 처음이다. '어떤 소유'의 진행에 의하여 나도 모르는 사이에 어떤 물건이 나의 소유가 되던 순간, 그 순간에 뒤꿈치는 언제나 뒤꿈치였을 뿐이다. 그것들은 그림자에 불과했다. 움직임이라곤 없었다. 그런데 왜 하필 이제야 이런 일이?

'이것은 위기다. 위기다. 위기다.'

타깃인 구두보다도 먼저 눈에 들어오는 뒤꿈치들. 뒤꿈치들이 세상에! 사방에서 나를 향해 다가오고 있다. 감히 뒤꿈치 주제에 움직이다니!

"다시 오셨군요. 잘 생각하신 겁니다. 이걸로 하십시오."

낯익은 구두주걱이 시야를 가득 채웠다. 내 앞을 가로막은 뒤꿈치에다 대고 나는 토악질을 하기 시작했다. 구두 매장을 지키고 있던 뒤꿈치들이 눈앞에서 공처럼 튀어올랐다. 이리저리 통통거리며 뛰어다니고 있는 뒤꿈치들. 뒤꿈치들이 내가 게워낸 점액질의 분비물에다 대고 저주의 말을 퍼부었다.

저것들이 감히…….

눈을 부릅뜨고 뒤꿈치들을 노려보긴 했지만 그러나 내 몸에서 쏟아져 나온 것들은 내가 보기에도 더럽고 불결했다. 철저하게 '의식'한 채로 '능동적'으로 '어떤 소유'를 도모했던 것부터가 무모했다.

하염없이 흘러내리는 이것은 과연 눈물인가?

뿌옇게 흐려진 눈으로 한 켤레의 구두를 보았다. 나의 타깃이었던, 남편의 발에 신겨야 할 구두를. 저것은 어떤 용도로든 쓰일 것이 분명한 물건이다. 어떤 필요에 의해서 꼭 가져야만 되는 물건.

필요에 의해서라니! 이런 식의 '어떤 소유'는 천박하다.

나는 거지가 아니다. 토악질이 점점 더 심해졌다.

Toe

"아파?"

남편이 물었다. 나는 고개를 가로저었다. 나도 모르는 사이에 나의 허리가 제멋대로 들어 올려져 있었다. 매트리스 위에 나는 허리를 다시 내려놓았다.

"괜찮아? 아픈 거 아냐?"

난감하다. 이 남자는 사소한 것 하나도 놓치는 법이 없다. 언제나 신경을 곤두세우고 있는 걸까?

나는 할말을 찾지 못했다. 남편의 상체가 곧추세워지고 두 개의 검은 눈동자가 나를 내려다봤다.

"그만 할까?"

남편의 물음에 하마터면 그래요, 라고 나는 고개를 끄덕거릴 뻔했다. 굳이 매일같이 남편을 만족시켜야 할 까닭은 없지만 그래도 나 때문에 중간에 그만둔다는 건 왠지 석연치 않다. '중간에 그만둔다'는 것은 어디까지나 남편의 몫이기 때문이다. 그리고 그것은 남자만이 누릴 수 있는 특권이다. 그러나 대부분의 특권이 그렇듯 정작 그 특권을 누리는 쪽은 자신들이 누리고 있는 것의 가치를 모른다. 그것이 얼마나 소중하고 값진 것인지.

대답 대신 나는 남편의 오른팔을 쓰다듬었다. 나의 그런 행동을 남편은 빨리요……, 라고 알아들었고 서둘러 다시 허리를 움직이기 시작했다. 남편의 허리는 정말이지 유연하다. 태어나면서부터 허리만 움직여온 사람 같다. 그 움직임에는 구속이라고는 없다. 자유롭다. 쾌감, 그 절정의 순간을 향해 지금 제 몸을 송두리째 던지고 있는 사람…… 찬…… 찬의 긴 손가락들…… 찬의 동그란 눈…… 찬의 눈 속에 들어가 있던 나…… 한시도 떠나보낸 적이 없는 눈동자가 나의 감은 눈 속으로 걸어 들어온다.

사랑하고 싶어…….

사랑받고 싶어…….

나는 어느새 섹스에 몰입해버리고 말았다. 남편의 허리를 끌어당긴다. 더 많이, 더 깊숙이, 하나가 되고 싶다.

하나아 두우울 세에엣 천천히 숨을 들이마신다. 숨을 들이마실 때마다 어떤 부분의 근육이 조여지고 나는 그 근육으로 남편을 씹는다. 쫀득쫀득하다. 입 안 가득 침이 고인다. 캐러멜 하나를 입에 넣은 것 같다. 입속에 넣은 채로 혀끝으로 요리조리 돌려보고 이빨로 쫙쫙 씹어보고…….

이빨이 되고 싶어…….

꿈틀거리고 싶어…….

내 몸을…… 내가, 마음대로 하고 싶어…….

"괜찮아? 괜찮아? 나, 지금 가!"

물결이, 급하게도 지나가버렸다. 입속에 들어 있던 캐러멜 하나가 제멋대로 쑥, 튀어나가버렸다. 나는 입맛을 쩝쩝 다신다. 늘 그렇듯이 못내 아쉽다. 그러나 '중간에 그만둔다'는 것은 남편의 몫이니까 뭐, 어쩔 수 없는 일이다. 남편이 오르가슴을 느끼고 사정을 해버리고 나면 그 순간에 섹스는 끝이 난다.

"괜찮았어?"

가쁜 숨을 몰아쉬며 남편이 물었다. 대답 대신 나는 남편의 오른팔을 쓰다듬었다. 나의 그런 행동을 남편은 그래요……, 라고 제멋대로 해석한 뒤에 서둘러 몸을 떼었다.

남편이 나가고 꽝, 소리를 내며 방문이 닫혔다.

불을 켜두지 않은 방 안이 온통 깜깜하다. 어둠 속에 누워 배를 만져본다. 배꼽에 고인 정액. 섹스가 끝나면 찬은 늘 겸연쩍어했다. 하지만 나의 배 위에 흥건한 자신의 정액을 바라보며 부끄러워하던 찬은 더없이 사랑스러웠다. 자신의 정액이 고인 나의 배꼽에 입 맞추며 찬은 언제나 이렇게 묻곤 했다.

우리, 사랑하는 거지?

그러면 나는 찬의 검은 고수머리를 쓰다듬어주었다. 나의 배꼽에 고인 찬의 정액이 다 마를 때까지 우리는 그렇게 나란히 누워 밤을 지새우곤 했다. 눈을 감고 누워 있으면 찬의 진한 살 냄새가 나의 체취와 하나가 되어가는 것을 느낄 수 있었다.

손가락 끝에 묻어나오는 남편의 정액은 끈끈하다. 끈적거린다. 이런 끈적거림을 남편은 견디지 못하는 것이다.

"이불에 묻잖아."

샤워를 끝내고 돌아온 남편에게서는 비누 냄새가 났다. 청결한 냄새. 언제나 똑같은 깨끗함.

"그냥 잘래요."

나는 볼멘소리를 했다. 그러나 나의 투정은 이번에도 역시 투정일 뿐이다.

"더럽잖아."

더럽잖아.

당신은 뭐가 그렇게 더러운가요? 내 몸에 닿았던 당신 몸인가요, 당신의 심벌을 촉촉이 적셨던 나인가요? 아니면 그 둘 모두인가요?

섹스가 끝나자마자 욕실로 달려가 몸을 닦는 남자. 이 남자를 사랑하게 되는 날이 오게 될까?

나는 가까스로 상체를 일으켜 세웠다. 배꼽에 고인 정액이 흘러내리지 않도록 조심하면서 욕실로 갔다.

때 타월을 들고 남편의 정액이 묻었던 사타구니를 북북 문질렀다. 살갗이 벗겨진 자리에서 피가 났다.

하얀 살 위에 붉은 얼룩. 나는 얼마간 그것을 들여다보았다. 낮에 백화점의 구두 매장에다 토악질을 했던 일이 떠올랐다. 내가, 그 하얗고 맨질맨질한 바닥에 얼룩을 남겼지, 불현듯 실패하고만 '어떤 소유'가 걱정되기 시작했다.

이미 살갗이 붉게 벗겨져 있었지만 나는 다시 신경질적으로 때를 밀기 시작했다.

거울 앞에 섰다.

살갗이 벗겨진 자리가 아렸다. 애써 아픔을 참으며 머리를 빗었다. 머리를 빗으며 앞으로는 여러 모로 좀더 조심해야겠다고, 다짐했다. 나에게는 안 좋은 버릇이 있기 때문이다.

섹스에 몰입하게 되면 늘, 남편을 찬으로 착각하게 된다.

거울 속의 나를 향해, 진지한 얼굴로 당부를 했다.

잊지 마. 언제나 발끝을 세우고 조심스럽게!

Whole foot

"자기 발이 어떻게 생겼는지 아는 사람 있어요? 아니, 왜들 웃지? 제 말이 웃긴가요? 그럼 볼ball이 어딘지 아는 사람? 거 봐, 내 몸에 붙어 있다고 해서 내가 내 몸을 다 알고 있는 건 아니에요. 착각이지. 발가락과 발바닥의 바닥에 닿지 않는 부분을 볼이라고 해요. 발끝, 토, 발뒤꿈치, 힐 그리고 볼, 이 세 부분을 합쳐서 발바닥, 그러니까 호울 풋whole foot이라고 합니다. 자, 그럼, 우리 발바닥이 이렇게 이루어져 있다는 걸 생각하면서 베이직 스텝부터 한번 해봅시다!"

아름다운 여자의 발은 발 전체가 볼이다. 바닥에 닿지 않는다. 나비 같다. 나비처럼 풀쩍 날아오르려면 저렇게 발 전체가 볼이

어야 되나보다. 바닥에 닿지 않아야 되나보다. 아름다운 여자의 스텝은 현실의 무게 같은 것은 조금도 느껴지지 않는다. 그러나 나의 발은 발바닥 전체가 바닥에 닿아 있다. 풀쩍 날아오르기는 커녕 발바닥을 바닥에 비벼대는 것만으로도 숨이 가쁘다.

아름다운 여자, 나비가 음악 위로 날아올랐다. 나비가 검은 양 날개를 펼쳤다. 바라만 보아도 미소 짓게 되는 날갯짓이다.

"아, 음악은 정말 사람을 미치게 해요. 그렇지 않아요? 사람을 울게 했다가 바보처럼 입을 헤―벌리고 하늘을 바라보게도 만들고 갑자기 낙엽이 되어서 거리를 굴러다니게도 하잖아요. 가사 한 구절만 들어도 벌써 마음이 확 다른 세상으로 날아가게 돼요. 그렇죠?"

모두들 어정쩡한 표정이다. 나를 포함해서. 벌써 마음이 확 다른 세상으로 날아가기에는 여기 서 있는 여자들의 발바닥은 바닥과 너무 밀착되어 있다.

"자, 음악에 내 몸을 맡긴다. 나를 던진다! 똥배에 힘 딱 주고!"

나비의 손끝에서 음악이 시작되었다. 음악은 가을 저녁의 풍경을 들려주고 있다. 바람이 낙엽을 떨어뜨린다. 바람에 몰려다니며 떨어질 자리를 찾아 헤매는 낙엽들. 간혹 사람의 머리 위로 떨어진 낙엽들은 그대로 한 사람의 마음이 된다. 한 사람의 마음이 된 낙엽들이 거리를 휩쓸고 돌아다니다 또 다른 한 사람의 마음과 만나 살을 비벼댄다. 가을 저녁에는 마음을 비벼대는 소리로 거리가 소란하다. 그 살아 있다는 웅성거림······.

여자들의 눈동자에 가을이 어른거린다. 이제 여자들이 가을 낙엽이 된 듯 날아다닌다. 언제인지 모를 그녀들만의 가을 저녁으로 빨려 들어간다. 불쑥 세월을 뛰어넘어서고 있는 여자들의 눈동자에서 나는 촉촉한 물기를 본다. 물기를 품고 있는 기억들을.

누구나 그런 기억 하나쯤은 가슴에 품고 사는가보다. 생애 가장 아름다웠던 가을 저녁을. 그 가을은 오래전에 지나가버렸고 그 저녁 속의 눈을 빛내던 나는 이제 어느 곳에도 없지만 그렇다고 해도 그것으로 족하다. 내게도 그런 순간이 있었지, 그저 추억하는 것만으로도 잠시나마 행복해지는 것이다.

양팔을 옆으로 쭉— 날개를 들어 올리고서 일상의 저 밑바닥에 묻어두었던 기억 속으로 풀쩍 날아오르고 있는 여자들.

모두, 저 아름다운 여자, 나비의 힘이다. 통속적인 말도, 별것 아닌 노래도 일단 나비의 입을 통해서 걸러져나오면 모두 아름다운 계시가 되어 하찮은 여자들의 영혼을 뒤흔들어놓는다. 그녀가, 아름답기 때문이다. 그녀가 아무렇지도 않게 오른팔을 약간만 흔들었다 내려놓아도 교실 전체에 아름다운 파문이 인다.

나는 멍청이처럼 입을 크게 벌린 채로 아름다운 여자의, 나비의 파닥거리는 몸을 바라본다. 곧게 뻗어 내려온 등줄기. 그 밑에 앙증맞게 달려 있는 사과 같은 엉덩이. 한 입, 베어 물고 싶다. 민망한 짓인 줄 뻔히 알면서도 그녀의 엉덩이에서 시선을 뗄 수가 없다. 한번 붙잡힌 시선을 다른 곳으로 옮겨 갈 수가 없다. 바보 같다, 고 생각하면서도.

나비의 눈과 나의 눈이 거울 속에서 맞부딪친다. 나비가 나를 향해 씽긋, 미소를 보냈다. 나는 얼굴을 붉힌다. 해서는 안 될 짓을 하다가 들킨 사람처럼 창피하다. 그러나 나비에게는 익숙한 일인 듯하다. 타인의 눈길이 자신에게, 아니 자신의 엉덩이에 고정되어 있다는 것을 알면서도 그녀는 언짢아하지 않는다. 즐기는 것 같기도 하다. 누군가가 자신의 아름다움을 훔쳐본다는 사실을.

자신의 엉덩이를 바라보는 내게 다정한 미소를 지어 보일 수 있다는 건, 그건 그녀에게 여유가 있기 때문이다. 여유란 자신감에서 비롯되는 당당함. 그녀는 당당하다. 그것도 아주 많이. 아름답기 때문이다. 아름답다는 것을 스스로 지독히도 잘 알고 있기 때문이다.

그러나 나는? 나는 홍당무처럼 얼굴을 붉히고 있다. 주눅이 들어 있다. 나비의 저 아무렇지 않은 미소 한 방에도 나는 왜 주눅이 드는 것일까?

잠시 딴 생각을 하고 있는 사이에 음악이 끝나버렸다. 그와 동시에 가을 저녁의 풍경도, 어떤 기억들도 갑자기 달아나버렸다.

오른발을 앞으로 내밀다 말고 급히 멈춰 섰다. 갑자기 확, 다른 세상으로 날아갔다가 제자리로 돌아오면서 나는 볼썽사납게도 뒤뚱거렸다. 내 자신이 무척 촌스럽게 느껴졌다. 얼굴이 화끈거렸다.

"춤을 제대로 추려면 우선 베이직 스텝부터 완벽하게 마스터해야 됩니다. 밥을 먹으려면 우선 숟가락질, 젓가락질을 제대로 해야 되잖아요. 그거랑 똑같아요. 베이직 스텝을 제대로 익혀두지 않으면 다른 어떤 스텝을 배워도 제대로 폼이 나질 않습니다. 그냥 겉멋만 잔뜩 들어가 있는 춤을 추고 싶지는 않죠? 다들 왜 대답이 없어요? 그냥 겉멋이라도 잔뜩 들어가기만 하면 좋다는 건가요?"

"아니요."

여자들의 입에서 간신히 아니요, 소리가 새어나왔다. 모두들 입을 한 번 벙긋거리기도 힘에 부치는 모양이다. 다들, 주눅이 들어 있는 것이 분명하다.

"앞으로 가라니까 가고 뒤로 가라니까 그냥 가고 그런 게 스텝이 아니에요. 발바닥 전체로 그래, 네가 닳나 내가 닳나 어디 해보자, 무작정 발바닥만 비벼댄다고 스텝 밟는 게 아니죠. 앞으로 나갈 땐 뒤꿈치, 힐부터 나가주고 뒤로 후진할 땐 발끝, 토부터 나가주는 겁니다. 한번 생각을 해보세요. 앞으로 가랬다고 발끝부터 내밀어봐, 몸이 어떻게 되겠나. 상체는 앞으로 푹 숙여지고 엉덩이는 뒤로 쑥 내밀어질 거 아니에요? 그럼 얼마나 보기 흉하겠어요. 그렇지 않아요?"

나비가 물었다. 이번에도 역시 아무 반응이 없다. 모두들 얼이 빠져 있다. 나이를 가늠할 수 없는 얼굴. 기름진 목소리. 목소리의 당당함. 아름다운 여자를 바라보고 있는 것만으로도 볼품없는 여자들은 입도 벙긋하기 힘들어지는 것이다.

"다 벙어리야, 왜들 입들이 다 지퍼로 잠겨 있어요? 제 말 아시겠어요? 머릿속에 항상 넣어두세요. 발은 이리저리 움직여도 상체는, 내 몸은 언제나 꼿꼿하게 균형을 잡고 있는 거다. 똥배는 쑥— 안으로 집어넣고 가슴은 펴는 거다. 자, 다시 베이직!"

한 시간 동안 베이직 스텝을 연습했다. 양손을 허리에 가지런히 올려놓고. 바닥에 볼을 대고 오른쪽, 왼쪽. 뒤꿈치를 먼저 내밀어서 앞으로. 앞으로 나아가서 다시 볼을 바닥에 대고 오른쪽, 왼쪽. 발끝을 세워서 다시 후진. 후진해서 다시 오른쪽, 왼쪽.

"이제 아시겠어요? 토, 힐, 볼. 이렇게 발바닥 전체를 모두 사용하시는 거예요. 그리고 웬만하면 라틴화 하나씩은 장만하세요. 굉장히 가벼워요. 뭐라고 해야 되지……. 어머니가 바느질해서 만들어주신 덧버선을 신은 느낌이에요. 정말 가볍죠. 구두가 가벼워야 내 몸도 훨훨 가벼워질 수 있습니다. 밑창이 너무 두꺼운 구두를 신고 있으면 지금 내 발바닥 어디가 바닥과 닿아 있는지를 알 수가 없어요. 볼이 닿는지, 발끝이 닿는지 느낌이 전혀 없잖아요. 굳이 라틴화가 아니어도 가능하면 구두 밑창이 좀 얇은 걸로 신고 오세요. 그래야 내 발바닥의 어디가 바닥에 닿는지를 제대로 느낄 수가 있습니다. 자, 그럼 다시 베이직! 똥배 집어넣고!"

밑창이 너무 두꺼운 구두

아름다운 여자의 말에 나는 고개를 끄덕거렸다. 그런지도 모른다. 나는 늘 밑창이 너무 두꺼운 구두를 신고 살아왔는지도. 지금 나의 발바닥의 어떤 부분이 바닥과 닿아 있는지를, 한 번도 느껴보려고 하지 않았다. 발바닥 밑으로 느껴지는 바닥은 언제나 그냥 바닥이었을 뿐, 너무 무르거나 너무 거칠거나 너무 딱딱하거나, 그런 느낌이 전혀 없었다. 어쩌면 나는 그런 생생한 느낌을, 몸으로 느낀다는 것이 두려웠는지도.

언제나 미리 겁을 냈다. 그녀에 한해서만은.

발바닥이 바닥에 닿을 때마다 신기했다. 낯설었다. 언제부터인가 내게 발바닥은 그저 발바닥이었을 뿐이다. 발바닥 안에 발끝이 있고 뒤꿈치가 있고 볼이 있었다는 사실이 새삼 놀라웠다. 발끝으로, 뒤꿈치로도 걸을 수 있다는 사실이, 평상시에는 바닥과 닿아본 적이 없어서 잊고 있었던 볼 또한 분명히 나의 발바닥의 일부였다는 사실이, 신기했다. 다락방에서 오래된 사진을 발견했을 때처럼 아주 잠깐이지만 눈물을 글썽거렸다.

평상시에는 사용하지 않는 볼을 마룻바닥에 댈 때는 발바닥에서 낯선 통증이 느껴졌다. 그렇지만 나는 이 낯선 통증이 싫지 않았다. 수업이 끝날 즈음에는 오히려 은밀히 이 통증을 즐기고 싶다, 라는 욕구가 더욱 강해졌다.

발가락과 발바닥의 바닥에 닿지 않는 부분.

바닥에 볼이 닿을 때마다, 마치 닳을까 평상시에는 꼭꼭 숨겨두었다가 소중한 순간에만 잠깐씩 꺼내놓고 들여다보는 사진을 한 장 어루만지고 있다는 느낌이 들었다. 평상시에는 늘 내 안에 숨겨져 있지만, 나의 일상에서는 아무 소용이 없지만 그래도 나의 일부를 이루고 있는 내 발바닥의 볼, 찬.

발끝을 세우고 뒤로 물러나면서 맞부딪치는 마룻바닥과 뒤꿈치를 먼저 내밀어 접촉하게 되는 마룻바닥의 질감은 전혀 달랐다. 그것들은 전혀 다른 두 개의 세상이다. 그 두 개의 세상 사이에 오목하게 팬 곳, 찬은 오랫동안 그곳에 고여 있었고 앞으로도 고여 있을 것이다. 찬과 함께였던 그 저녁의 나는 이제 어느 곳에도 없지만 그렇다고 해도 그것으로 족하다. 그런 순간이 있었지, 그저 추억하는 것만으로도 오늘 이 건조한 하루하루를 살아낼 수가 있다.

"설거지하면서도 한 번 해보고 빨래 널다가도 한 번씩 해보세요. 알았죠? 베이직을 잘해야 제대로 춤을 출 수 있는 거예요. 우리가 앞으로 삼 개월 동안 배울 춤이 뭔지 다들 아시죠? 자이브를 배울 거예요. 자, 오른팔 옆으로, 오른발 뒤로, 감사합니다!"

수업이 끝났다

수업이 끝나자마자 아름다운 여자는 그녀에게 어울리는 아름다운 모피를 걸쳐 입고 서둘러 밖으로 나갔다. 바쁜 여자다, 그녀의 뒷모습이 은근히 섭섭했다.

나는, 그녀가 내게 말이라도 걸어주길 기대했던 걸까?

자판기 커피를 뽑아 마셨다. 커피 잔 속에서 모락모락 올라오고 있는 커피 향을 음미했다. 음미…… 참, 오랜만에 사용해보는 단어다. 결혼이라는 것은 간혹 어떤 단어들을 이렇게 생경하다고 느끼게 하는 것일지도 모른다.

문화센터 휴게실에 앉아 커피를 마시는 동안, 나의 발은 쉬지 않고 베이직 스텝을 반복했다.

토, 힐, 볼!

세워졌다 내려졌다 하는 나의 발바닥을 내려다보면서 아주 잠깐이지만 나는 내 삶의 베이직을 예감했다.

뒤꿈치로 음흉스럽게! 발끝으로 조심스럽게! 바닥에 볼이 닿을 때마다 은밀하게!

어느 것 하나 소홀히 할 수가 없다. 그래야 언제나 꼿꼿하게 일상의 균형을 잡고 있을 수가 있다. 철저히 익혀두어야만 한다.

그래, 우선은 베이직이야!

커피 잔을 들고 앉아서 나는 다시 베이직 스텝을 연습하고 있었다.

"여기 있으면 어떡해요? 애가 한 시간 내내 울었어요. 세상에 더워서 땀이 뻘뻘 나는데도 옷을 달래. 하도 울어서 점퍼를 입혀

주니까 신발 달래. 그러고는 계속 신발 들고 앉아서 우는 거야. 눈까지 빨개진 거 보여요? 수업 끝났으면 빨리 와서 애를 데려가야지, 무슨 엄마가 애는 나 몰라라 하고 저 혼자 한가하게 커피를 마시고 있어?"

유아놀이방의 보모가 현을 안고 왔다.

현의 얼굴은 온통 시뻘겋다. 눈의 흰자위까지 붉어져 있다. 나는 얼굴을 찡그렸다. 나를, 나의 의지와는 상관없이 제멋대로, 갑자기 현실로 끌어내려버린 보모와 현에게 짜증이 났다.

울고 있는 현을, 현의 부은 눈을 바라보면서도 나는 조금도 미안하지가 않았다. 12월 1일 11시 45분, 시간은 아직 오전이었다.

스텝을 밟기 전에

댄스에 능숙해지기 위한 지름길은?

오후 시간을 서점에서 보냈다. 문화적인 하루였다. 원하던 책들을 뽑아 읽었다.

서점이라니!

책장을 넘기며 키득거렸다. 남자를 꾀기 위해서라면 몰라도 순전히 책을 읽기 위해 도서관이나 서점 같은 곳엘 기웃거려본 적은 없다.

이런 분위기와는 영 어울리지 않는데, 라고 생각했지만 뭐, 어쨌거나 괜찮은 기분이었다. 서점에 앉아 퀴퀴한 책 냄새를 맡고 있다는 사실도, 나에게도 호기심을 가지고 찾아보고 싶은 대상이 생겼다는 사실도, 모두 만족스러웠다.

지난주 수업 시간에 아름다운 여자가 말했다. 아름다운 여자란 물론 라틴댄스 선생을 두고 하는 말이다. 자이브, 라고 말했다.

자이브가 뭘까? 궁금했다. 나는 룸바나 차차차를 배우게 되는 줄로 알고 있었으니까. 자이브라는 춤은 너무 낯설다.

도대체 그게 뭘까?

결국 서점까지 오게 되었다.

서점에 들어서자 유아·교육 코너가 먼저 눈에 들어왔다. 조금 언짢았다. 왜 이렇게 되어버렸지? 나는 신경질적으로 고개를 돌렸다.

당연한 일이지만 현은 어린이 사물 카드, 한글 카드 등이 쌓여 있는 코너 앞에서 멈춰 섰다. 아이들의 책은 하나같이 컬러풀하다. 아이들을 꾀기에 충분히 현란하다. 현이 그 앞에 서서 기웃거리게 놔두고 싶지 않았다. 그렇게 되면 나의 목적과는 상관없이 나에게는 전혀 쓸모가 없는 그림책이나 한글 카드 따위를 사게 될 테니까. 별 수 없이 나도 두 살배기 남자아이의 엄마일 뿐이니까.

　내가 찾던 책은 취미 · 문화 코너에 꽂혀 있었다. 푯말 위에 씌어 있는 문화라는 단어가 마음에 들었다. 그렇지, 문화! 우후!

　콧노래를 부르며 문화가 잔뜩 꽂혀 있는 책장 속으로 걸어 들어갔다. 제일 먼저 눈에 들어온 책의 제목은 '댄스 입문'이었다. 표지가 맨질맨질했다. 그 촉감이 마음에 들었다.

댄스를 시작하기 전에*

　우선 댄스를 시작하기 전에 초보자가 범하기 쉬운 실수에 대해 설명하고자 한다.

　댄스는 분명 자신이 즐기기 위해서 추는 것이다. 물론 파트너도 함께 즐기면서 추는 것이긴 하지만 그것만으로는 아무리 시간이 지나도 댄스 실력은 늘지 않는다.

　하루라도 빨리 댄스에 능숙해지기 위해서는 보고 있는 사람

● 이 글은 『댄스입문』(박영택 감수, 삼호미디어, 2000)의 일부를 그대로 옮긴 것이다. 아무쪼록 이 소설에 인용되었다는 사실 때문에 출판사 측이나 감수를 하신 분께서 노여워하시는 일이 없었으면 좋겠다. 나는 이 책에 아무런 악감정도 없거니와 설령 내가 이 소설에서 상징하고자 하는 라틴댄스 혹은 댄스의 성질이 그분들께서 댄스에 대해 갖고 있는 견해와 다르다고 해도 부디 나에게 분노의 말이나 저주를 퍼붓지는 말아주시기를! 남의 책을 인용한다는 것은 무척 힘든 일이구나, 깨닫게 되는 순간이다.

들, 다시 말해 무대 주변에 있는 관객들까지도 기분 좋게 즐길 수 있는 댄스를 추는 것이 가장 중요하다.

보통 초보자는 스텝을 정확히 밟는 데만 열중하기 쉽다. 이러한 동작들은 춤을 추는 쪽은 즐길 수 있겠지만 주위 사람들에게 즐거움을 주기보다는 피곤함을 줄 수도 있다……

실제로는 아무도 자신을 보고 있지 않을 수도 있겠지만 그렇더라도 다른 사람들이 보고 있다는 생각을 갖고 추도록 한다.

자신들의 스텝에 너무 열중한 나머지 주위 사람들이 보이지 않게 되면 다른 커플과 부딪치는 경우도 많아진다. 용서를 구하는 것도 초보자일 때 잠시뿐이다……

보면서 기분 좋은 댄스란 춤을 추는 본인들도 기분 좋은 댄스다. 즐기는 기분을 함께한다는 것을 항상 명심하고 춤을 추도록 한다. 이것이 댄스에 능숙해지기 위한 첫번째 기본자세다.

읽다보니 문장 속의 '댄스'라는 단어를 '결혼'이라는 낱말로 바꾸어도 무방할 것 같았다.

결혼을 하기 전에

우선 결혼 생활을 시작하기 전에 초보자가 범하기 쉬운 실수에 대해 설명하고자 한다.

결혼은 분명 자신을 위해서 하는 것이다. 물론 파트너도 함께 즐기면서 생활하는 것이긴 하지만 그것만으로는 아무리 시간이 지나도 실력은 늘지 않는다.

하루라도 빨리 결혼 생활에 능숙해지기 위해서는 보고 있는 사람들, 다시 말해 무대 주변에 있는 관객들까지도 기분 좋게 즐길 수 있는 결혼 생활을 하는 것이 가장 중요하다.

초보자들은 쉽지 않다고 생각할 수도 있겠지만 그것은 잘못된 생각이다.

보통 초보자는 스텝을 정확히 밟는 데만 열중하기 쉽다. 이러한 동작들은 생활을 하는 쪽은 즐길 수 있겠지만 주위 사람들에게 즐거움을 주기보다는 피곤함을 줄 수도 있다.

최소한 필요한 스텝은 기억하고 무대에 나가도록 한다. 그리고 무대에서는 스텝을 충실히 밟는 것보다는 주위 사람들에게 어떻게 보일지를 의식하면서 생활하는 것에 집중하도록 한다.

고도의 기술은 필요하지 않다. 무엇보다 마음가짐이 중요하다.

실제로는 아무도 자신을 보고 있지 않을 수도 있겠지만 그렇더라도 다른 사람들이 보고 있다는 생각을 갖고 생활하도록 한다.

지나치게 남을 의식하라는 것이 아니다. 다만 주위에서 생활하는 다른 사람들에 대한 배려라고 생각하면 된다.

자신들의 스텝에 너무 열중한 나머지 주위 사람들이 보이지 않게 되면 다른 커플과 부딪치는 경우도 많아진다. 용서를 구하는 것도 초보자일 때 잠시뿐이다.

스텝을 밟는 것에만 신경 쓰는 것이 아니라 주위를 의식하면서 생활하는 결혼 생활의 기본자세를 익혀두는 것이 초보자에게는 더욱 중요하다. 이로써 자기뿐만 아니라 주위 사람들이 모두 기분 좋게 즐길 수 있고, 결혼 생활의 실력 또한 급격히 향상될 것이다.

보면서 기분 좋은 결혼이란 생활하는 본인들도 기분 좋은 결혼이다. 즐기는 기분을 함께한다는 것을 항상 명심하고 결혼 생활을 하도록 한다. 이것이 결혼에 능숙해지기 위한 첫번째 기본자세다.

우후!

어쩜 이렇게 잘 맞아떨어질 수가 있지?

하루라도 빨리 댄스에 능숙해지기 위해서는 보고 있는 사람들, 다시 말해 무대 주변에 있는 관객들까지도 기분 좋게 즐길 수 있는 댄스를 추는 것이 가장 중요하다. 주위 사람들에게 어떻게 보일지를 의식하면서 춤추는 것에 집중하도록 한다.

이거 정말 대단한걸.

책의 내용에 너무나도 감탄한 나머지 하마터면 '어떤 소유'를 저지를 뻔했다. 그러나 다행히도 그렇게 하지 않았다. 여기서 다행히, 라는 말을 사용한 까닭은 아마도 그렇게 했다면 분명히 집으로 돌아오기도 전에 다시 토악질을 했을 것이 뻔하기 때문이다. 이상하게도 어떤 물건이든 필요에 의해서 훔치려 했을 땐 매번 토악질을 했다. 반면에 나에게는 아무 쓸모가 없는 물건들을 훔쳤을 때는 기분 좋은 포만감이 들었다.

이 책은 라틴댄스와 관계된 것이기 때문에 나에게는 전적으로 쓸모가 있는 물건이니까, 나는 절대로 훔치고 싶지 않았다. 나의 경우에는, 내게 필요한 것은 그것이 어떤 것이든 돈을 주고 사야만 된다. 그럴 수 없다면 차라리 다른 쓸데없는 것을 훔치는 편이 훨씬 덜 비참하다.

자이브

1927년 경 뉴욕의 할렘이란 흑인 거주지에서 재즈 음악의 일종인 스윙 리듬에 맞추어 처음으로 추어진 춤이다. 1936년 경 전 미국을 휩쓸 정도로 인기가 절정에 달했다. 2차 세계대전 중 G.I.(미국 직업군인)들에 의해 유럽에 퍼졌고 세계대전이 끝날 때까지 놀랄 만한 인기는 계속되었다.

4분의 4박자로 둘째와 넷째 박자에 악센트가 있으며 1분에 40~46소절의 템포다.

라틴댄스 5종목 가운데 가장 ball balance를 필요로 하는 춤으로서 chases basic으로 빠른 음악(rock' n roll)을 소화할 수 있는 것이 특징이다.

자이브는 대게 1&1/2소절로 구성되어 있다.

즉 Q Q Q aQ/Q aQ.

자이브는 주로 샤세를 의미한다. 자이브의 샤세와 차차차의 샤세의 차이점은 첫째 풋워크가 다르고 둘째 타이밍이 다르다.

그 중 가장 중요한 것이 타이밍이다.**

그 다음부터는 하나도 모르겠다. 차차차와 자이브의 차이점에 대해서 설명해놓았는데 완전 무식인 나로서는 무슨 소린지 도저

**『댄스스포츠』(이순림 편저, 홍경, 2000)

히 이해가 가지 않았다. 펼쳤던 책을 그냥 놓기도 뭐해서 그나마 맨질맨질한 표지를 몇 번 더 쓰다듬었더니 벌써 집으로 돌아가 저녁밥을 지어야 할 시간이 됐다.

현은 아까부터 못마땅한 얼굴이다. 나는 현을 향해서 더 못마땅하다는 표정을 지어 보였다.

넌 뭐가 그렇게 불만인데? 일 년 삼백육십오 일, 나는 늘 너 하자는 대로만 하잖아. 기껏해야 한 시간도 아니었잖아!

그러나 나는 곧 얼굴의 주름을 풀었다.

실제로는 아무도 자신을 보고 있지 않을 수도 있겠지만 그렇더라도 다른 사람들이 보고 있다는 생각을 갖고 추도록 한다.

그렇다. 늘 주위를 의식해야 하는 것이다.

책을 읽고 났더니 안면 근육이 갑자기 잘도 움직였다.

역시, 사람은 책을 가까이해야 돼.

뿌듯한 마음으로 서점에서 나왔다.

어설픈 프로는 역겨워!

드디어 목요일 저녁이다. 일주일에 한 번 꼬박꼬박 되풀이되는 목요일 저녁 말고 일 년에 한 번씩은 어김없이 오고야 마는 목요일 저녁, 바로 12월 7일의 저녁이다.

아침부터 머리가 지끈거렸다. 엄마의 취향은 까다롭다 못해 신경질적이다. 게다가 그 대단한 심미안! 엄마의 취향에 딱 맞는 선물을 산다는 것은 나로서는 도저히 불가능하다. 결국 올해도 봉투를 준비하기로 했다. 봉투 속에 넣을 돈의 액수는 아무래도 상관없다. 엄마에게는 말이다. 오만 원이든 십만 원이든 이십만 원이든 엄마에게는 언제나 '껌 값'일 테니까.

중요한 건 마음가짐이다. 태후 씨의 마음가짐. 나는 할 만큼 했다, 라고 남편이 큰소리칠 수 있을 정도의 금액이면 충분하다. 그래서 과연 얼마인가? 십만 원? 아무래도 십만 원은 엄마에게나 허세 부리기 좋아하는 남편에게나 둘 모두에게 불쾌한 액수다.

봉투 속에 빳빳한 십만 원권 수표 두 장을 집어넣었다. 이로써 나는 이달 치의 생활비에서 이십만 원이란 거금을 내 몫으로 써 버린 셈이다. 김태후라는 남자, 내 남편의 수학공식은 그렇다.

자세히 짚어보자면, 생활비는 백팔십만 원이다. 플러스나 마이너스는 없다. 보너스라든가 성과급은 아내인 나와는 아무런 상관이 없다. 설령 우발적인 사건이나 행사 등에 지출을 해야 할 경우가 생겨도 말이다. 각종 공과금, 보험료, 자동차세, 한 달 동안 태후 씨가 긁고 다닌 카드비, 기타 등등의 고정적인 지출을 제외한 경조사나 생일 등의 다른 모든 지출은 아내인 내 몫이다. 고로 아내인 나는 우발적인 지출에 대비해 항상 여유자금을 적립해놓고 있어야 한다. 만약 적립해놓은 돈이 없다면 그것은 전적으로 아내인 나의 무능함 때문이다.

그러나 나는 벌써 오래전에 나의 무능함을 인정했다. 남편이 주는 생활비는 언제나 한 달을 꾸려나가기에도 빠듯했다. 군대라는 조직이 그렇다. 의리와 복종을 강조하는 만큼 동료들의 경조사는 반드시 챙겨야 한다. 한 달에도 몇 번씩 참석해야 되는 결혼식이며 돌잔치, 회갑잔치에, 가끔씩 순서가 돌아오면 내야 되는 회식비까지. 체면을 차리려면 어쩔 수 없다. 게다가 지기 싫어하는 남편의 허영심까지도 만족시켜주어야만 했다.

여유 돈을 적립해놓으라니, 땅 파서 금 캐오라는 말이나 다름 없다. 사정 설명을 해봤자 남편의 대답은 한결같다.

"내 친구 마누라들은 오십만 원으로도 잘만 산다는데 무슨 헛소리야?"

그러면 나는 별 수 없이 꽁지를 내린다.

아무래도 안 되겠다, 이십만 원이라니! 봉투 속에 넣었던 돈을 다시 빼냈다. 하마터면 큰 실수를 할 뻔했다.

작년까지만 해도 남아 있던 퇴직금으로 어떻게든 꾸려왔지만 이제는 남편 몰래 숨겨둔 퇴직금도 바닥이 났다. 나에게는 뒤를 봐줄 친정 식구도 하나 없다. 내 주위에는 무대 주변에서 지켜보기만 하는 관객들뿐이다. 게다가 그들은 모두 내가 언제 스텝을 잘못 밟나, 눈을 부릅뜨고 지켜보고 있다가 내가 정말 스텝을 잘못 밟기라도 하면 부리나케 달려와 교정을 해준답시고 몇 시간이고 설교를 늘어놓을 뿐이다.

할 수 없다. 옷을 챙겨 입고 백화점으로!

"베르사체네?"

엄마는 입을 샐쭉거렸다. 그렇게 마음에 들지 않는 건 아닌가 보지? 별 불평이 없는 엄마의 얼굴을 바라보고 있자니 기분이 좋아졌다. 훔친 것인 줄도 모르고 좋아하는 꼴이라니, 자꾸만 웃음이 나왔다.

쓸모가 있고, 또 어떤 용도로 쓰일 것인지를 뻔히 알고 있었지만 이번에는 토악질을 하지 않았다. 내가 훔친 옷을 입고 거리를 활보하고 다닐 엄마의 모습을 상상하는 순간 말할 수 없는 쾌감이 전신을 훑고 지나갔다. 왜 진작 이런 식의 '어떤 소유'는 생각해보지 못했을까? 그랬다면 좀더 상큼한 기분으로 지내왔을 텐데.

"자네는 요새도 이틀에 한 번씩은 부대에서 자나?"

엄마가 말했다. 고기를 아직 다 씹지 못했는지 한 손으로 입을 살짝 가리고. 가증스러울 만큼 고상한 제스처다.

"네, 그렇습니다."

남편이 대답했다. 저렇게 말하는데도 입 밖으로 고기가 튀어 나오지 않다니, 신기할 뿐이다.

"소희한테 잘해주게. 내가 소득세 때문만 아니면 지금 당장이라도 집을 소희 명의로 해주고 싶지만 그러면 자네한테도 지금은 좀 그렇지? 의료보험이다 연금이다 해서 세금만 많이 내야 되고……."

또 그 소리. 결혼하기 전부터 우려먹은 얘기다. 이번에는 또 뭘 고친다는 소릴까?

"괜찮습니다. 저희가 지금 당장 들어가 살 수 있는 형편도 아닌데요, 뭘. 장모님이 다 알아서 해주십시오."

"내 생각에는 더 추워지기 전에 목욕탕을 좀 수리했으면 해서. 어차피 자네 집이 될 텐데. 안 그런가, 사위?"

"네, 그렇습니다."

엄마의 얼굴에도 남편의 얼굴에도 야릇한 미소가 번졌다. 속셈이 뻔히 드러나 보이는 미소다. 모처럼 만난 장모와 사위가 늘 그랬듯이 하하! 호호! 즐거운 담소를 나누는 동안 아빠와 나는 한마디도 하지 않았다. 우리는 언제나 들러리였고 우리의 역할은 앞으로도 변하지 않을 것이다.

패밀리 레스토랑에서 식사를 마치고 나올 때 아주 잠시지만 아빠와 눈이 마주쳤다.

'괜찮은 거냐?'

'그럼요.'

그러나 곧 엄마가 아빠의 옆구리에 팔짱을 꼈고 우리는 서로의 안부를 물을 사이도 없이 각자의 집으로 끌려갔다. 아빠나 나나, 우리는 둘 다 이제는 어느 정도 우리의 역할에 익숙해진 것 같다.

"당신, 오늘 그게 뭐야?"

신발을 벗기도 전에 남편의 안면근육의 형태가 달라졌다. 아까는 노릇노릇한 양고기 같더니 집에 오자마자 어느새 불독으로 변했다.

"왜요?"

가능한 한 상냥하게 대꾸했다. 남편 말에 삐딱하게 대답했다고 또 괜히 꼬투리를 잡으면 나만 괴롭다.

"저녁 내내 화난 사람 마냥 입 꾹 다물고 있었잖아! 장모님은 그래도 하나밖에 없는 딸이라고 당신 생각을 끔찍이 하시는 분 인데 당신은 딸이 되가지고 엄마 생일날 뭐가 그래?"

"나야 원래 그렇잖아요."

"목욕탕 고친다고 하시면 수리비는 무조건 우리가 알아서 드 리는 거야. 알았지? 자식이라고는 당신 하나밖에 없잖아. 딸자식 이라도 그 정도는 해야지. 괜히 얼마 되지도 않는 돈 갖고 장모 님 마음 상하게 하지 말고."

장모님 생각깨나 하는군요? 흥! 누가 당신 속을 모를 줄 알 고? 그 집이 최소한 칠, 팔억은 나갈 텐데 그깟 몇 백만 원이야 껌 값이라고 생각하고 있을 테지.

야, 김태후! 개꿈을 꾸든 몽달귀신 꿈을 꾸든 꿈이야 네 맘대로 꿀 수 있지만 과연 그 집이 네 집이 될 것 같니? 우리 엄마가 정말 그 집을 우리한테 줄 것 같아? 장모님, 장모님, 세상에서 제일 잘 난 네가 우리 엄마한테는 왜 그렇게 살살 녹게 구는데? 그런데 네 가 한 가지 모르는 게 있어. 그건 바로 우리 엄마는 프로 중에서도 프로라는 거야. 그런데 넌 어때? 너는 아직 너무 어설퍼.

너무 어설픈 프로라서 역겹다고!

슈거 푸시

점심식사

우연찮게 점심식사에 초대되었다.

"같이 밥 먹으로 가요, 밥! 같이 밥을 먹어야 정이 들어요. 저는 밥이라도 한 끼 같이 먹어야 친해져요. 자기 돈 내고 자기 밥 먹으면 되는 거니까 부담은 갖지 마시구요."

수업을 끝내며 나비가 말했다. 우연히도 나는 그때 교실 코너에 있는 피아노 앞에서 패딩점퍼의 지퍼를 올리고 있었다.

"소희 씨도 같이 갈 거죠?"

내 대답을 듣기도 전에 나비는 그녀의 추종자들에게 둘러싸였다. 그러나 그 순간에 나는 "네가 나의 이름을 불러주었을 때 나는 꽃이 되었다"는 시구를 떠올렸다. 나비가 나의 이름을 알고 있었다!

나비의 말에 이의는 있을 수 없다. 서둘러 쫓아갔다. 문밖 엘리베이터 앞에서 한 떼의 여자들이 수다를 떨고 있었다.

"빨리 와요, 빨리!"

나비가 엘리베이터 안에서 소리쳤다.

"저는 애를 찾아서 가야 되는데……."

"칠 층 비빔밥 집으로 와요."

엘리베이터의 문이 닫혔다. 점심을 사먹을 여유 돈이라고는 없지만 가고 싶었다.

"세상에, 애 엄마였어?"

"어머어머. 나는 그냥 뚱뚱한 처녀인 줄 알았는데."

자리에 앉자 일제히 시선 집중. 한꺼번에 너무 많은 질문을 받았다.

"자기 몇 살이야?"

"어떻게 애까지 데리고 나올 생각을 했어? 하여간 요즘 젊은 여자들은 너무 멋져."

"뭐 먹을래?"

정신이 없었지만 그 와중에도 뭘 먹겠냐는 말에는 덜컥 숨이 막혔다. 그렇다. 아무 거라도 하나 먹지 않으면 안 되는 거다. 메뉴판을 봤다. 제일 싼 건 5,500원짜리 콩나물 국밥. 이걸로 결정해야겠다, 주문을 하려는 순간 앞에 앉은 뚱여사가 물었다.

"자기, 밥 한 그릇 다 먹을 수 있어?"

그거야 물론. 당신도 물론이지 않아? 그러나 나는 아니요, 라고 대답했다.

"그럼 우리 비빔밥 하나 시켜서 나눠 먹자. 좋지?"

듣던 중 반가운 소리. 힘차게 고개를 끄덕거렸다. 5,500원에서 2,750원으로 밥값이 다운되는 순간이었다.

"보기만 이렇지 나 진짜 잘 못 먹어. 애 낳고 산후조리를 잘못해서 이렇게 부은 거야."

나는 정말 아무 말도 안 했다. 그런데도 뚱여사는 주문한 밥이 나올 때까지 자기는 밥을 정말 조금만 먹는다는 것을 반복, 강조했다. 그래서 나도 그랬다.

"저도 그래요. 밥 한 그릇을 어떻게 다 먹어요?"

사실 뚱여사나 나나 문제는 돈이었겠지만.

주문을 하는 데만도 족히 이십 분은 걸렸다. 모두들 입맛이 제각각이었다.

"그런데 자기 정말 몇 살이야?"

밥이 나오자 다시 나에게로 시선이 모였다. 시작은 '반장'이라고 불리는 여자였다. 내가 반장을 처음 본 건 공개강좌에서였다. 다목적실에서 춤을 추고 있는 여자들 중에서도 그녀는 단연 돋보였다. 제일 화려했다. 물론 지금도 그렇지만.

그녀의 나이는 고작해야 삼십대 중반으로 보인다. 풍기는 분위기가 왠지 돈 많은 할아버지의 세컨드 같다. 펄이 많이 들어간

빨간 립스틱, 브래지어의 레이스가 드러나 보이는 망사 블라우스, 장미꽃 자수가 있는 그물 스타킹, 십 센티미터는 됨직해 보이는 하이힐에 애를 낳아본 적 없을 것 같은 잘록한 허리까지. 내 관점으로는 누군가의 정부가 분명했다. 그러나 그렇다고 해도 자꾸만 뒤돌아보게 하는 화려함을 제 것으로 만든 여자였다.

"스물일곱이요."

내가 말했다. 뚱여사는 그사이 비빔밥을 정확하게 반으로 갈랐다. 그릇 중앙에 삼팔선이 그어졌다. 이제 숟가락을 들고 나를 바라보는 뚱여사의 눈에는 어떤 엄숙함마저 느껴졌다. 그 눈은 이렇게 말하고 있었다. 금을 넘어오면 그땐 어떻게 되는 줄 알지?

금을 넘어가지 않으려고 최대한 조심하면서 뚱여사가 내 몫으로 할당한 밥을 한 숟가락 떠서 입에 넣었다. 아껴서 먹어야지, 라고 생각했다.

"스물일곱? 어머, 어머, 우리 막내아들하고 동갑이잖아? 어머나 세상에! 그런데 벌써 애가 있어? 정말 빠르다 빨라. 그런데 스물일곱밖에 안 된 여자가 꼴이 그게 뭐누?"

막내아들이 스물일곱이라니! 충격이었다. 나는 반장의 얼굴을 다시 쳐다보았다. 아무리 봐도 삼십대 중반 이상으로는 보이지 않는다. 오십이 넘은 여자라고는 믿을 수 없었다. 아무리 나이를 많이 먹었어도 그렇지, 꼴이라니? 해도 너무한 거 아냐? 그러나 반장의 고운 이마에 잡힌 주름이 너무 험악했다. 나는 입을 다문 채로 잠자코 있었다.

"머리 꼴하며 바지하며 세상에 자기를 누가 스물일곱으로 보겠어? 나는 아무리 힘들어도 그렇게는 안 하고 살았다. 나도 애를 셋이나 키웠는데. 좀 꾸며라. 머리는 빗었나?"

모두들 일제히 나의 머리를 쳐다봤다. 급하게 나오느라 머리를 감지 못했다.

"머릿결이 원래 안 좋아요."

내가 대답했다. 기어들어가는 소리였다. 부끄러웠다. 모두들 나의 옷차림에 대해서 한마디씩 하기 시작했다. 왜 하필이면 내가 도마에 오르게 되었는지, 화가 났지만 대꾸 한 번 할 수가 없었다. 사람들의 말이 하나도 틀리지 않았다.

모두들 아름답거나 아름다워지려고 노력하고 있는 흔적이 완연한 여자들뿐이었다. 나이답지 않게 젊고 아름다운 반장. 뚱뚱하지만 벌써 오 년째 라틴댄스를 배우고 있다는 뚱여사. 테이블 끝에 앉아 있는 할머니. 이 할머니는 오늘도 역시 모자를 쓰고 있다. 오늘 의상의 색깔은 바이올렛이다. 모자까지도. 굉장한 멋쟁이가 아니면 소화해낼 수 없는 옷을 입고 다니는 할머니다. 그 외에 다른 여자들도 모두들 화장 정도는 하고 있다.

반면에 나는, 내 모습은?

엉덩이 밑까지 내려오는 스판덱스 면 티셔츠, 감색 꽃무늬 스판덱스 바지, 꼭 끼는 스판덱스 바지 위로 드러나는 사이즈 100의 면 팬티, 한 달이 넘게 빨지 않은 운동화. 나에게는 포기, 체념이라는 단어가 딱 들어맞을 것 같다.

나비, 미美를 찬미하다

"소희 씨! 기분 나쁘게 생각하지는 말아요. 다들 소희 씨가 너무 젊은데 너무 젊고 예쁜데 얼굴은 정말 예쁘게 생겼는데 자기를, 자기 가치를 모르고 있는 것 같아서 답답해서 그러는 거니까. 알았죠?"

나비가 나의 손등을 톡톡 가볍게 두드려주었다. 어떤 말도 그녀의 이 작은 몸짓이 내게 주는 마음의 위안 같은 것을 주지는 못하리라. 나비의 커다랗고 다정한 눈이 나에게 미소 짓고 있었다. 그녀의 미소가 나를 기쁘게 했다. 나비가 손을 뻗어 나의 두 손을 잡았다. 아주 꼬옥. 코끝이 시큰했다.

바보같이. 작은 다정함에도 나는 눈물을 흘릴 만큼 감격해버리는 것이다. 어려서부터 그랬다.

　이 세상의 모든 다정한 것들. 다정한 눈빛. 다정한 손짓. 다정한 다독거림. 다정한 음성. 다정한 입맞춤⋯⋯. 그런 것들을 얻고자 나는 내 삶의 어떤 순간들을 깡그리 저당잡히기도 했었다. 모두, 지나가버린 것들이라고 생각했었는데⋯⋯. 사실은 전혀 그렇지 않았다.

　"소희 씨 참 예쁘죠?"

　나비가 말했다. 여자들 모두 고개를 끄덕거렸다. 반장을 포함해서. 병 주고 약 주는 격이었지만 약이라도 한 알 얻어먹었으니 그나마 다행이지 뭔가?

　"자기 가치는 자기 스스로 만드는 거예요. 노력하지 않으면 안 돼요. 아름답다는 거, 그건 뭘까요?"

　나비가 물었다. 주름이 쪼글쪼글한 할머니들도, 뚱여사도, 베레모를 쓴 할머니도, 반장도 생각에 잠겼다. 비빔밥 집에서의 대화치고는 수준이 높군, 키득거리기에는 여자들의 표정이 사뭇 진지했다. 이것도 물론 나비의 힘이다. 어떤 장소에서든, 어떤 것을 먹든, 어떤 말을 꺼내든 나비는 자연스럽다. 어색하지 않다. 설령 장소에 어울리지 않는 화제를 꺼내도 그것이 도리어 멋지게 느껴진다.

"자기 스스로 빛이 되는 거라고 생각해요, 저는. 아름답다는 건 내가 나 스스로 나만의 빛을 발하는 거 아닐까요? 그리고 더군다나 우리들은 여자잖아요. 얼마나 감사한 일인지 몰라요. 남자들 참 불쌍해요. 저는 가끔 그런 생각을 한답니다. 남자들 참 안됐다고 말이에요. 태어난 그대로 살다가 죽는 거잖아요. 내가 나를 내 맘대로 한번 꾸며보고 싶다, 설령 그런 생각을 한다고 해도 남자들 경우에는 실행하는 데 엄청난 용기가 필요해요. 내가 입고 싶다고 해서 빨간 바지 아무나 입을 수 있나요? 힘들어요.

그런데 우리는 어때요? 우리 여자들은 마음만 먹으면 돼요. 아, 오늘은 기분이 우울하니까 산뜻하게 빨간 립스틱을 한번 발라보자, 바르면 돼요. 오늘은 비가 오니까 초록색 치마를 입어볼까, 입기만 하면 돼요. 이건 너무 쉬워, 생각만 하면 돼. 여자니까! 얼마나 감사해요.

우리는 상관없잖아요. 엄청난 용기 없어도 금방 아름다워질 수 있잖아요. 그런데 이렇게 감사하게 여자로 태어났는데도 꾸미지 않는 거 이건, 이건 정말 용서가 안 되는 일이에요. 나한테 준 축복을 발로 걷어차는 거야. 반장, 내 말이 틀려?"

나비는 다소 흥분했다. 아름다움에 한해서만은 나비는 평소의 평정을 잃는 걸까?

"아니, 아니. 아주 지당한 말이야. 잘하고 있는 짓이야."

나비의 말에 반장은 아주 만족한 것처럼 보였다. 반장의 입가에는 이 여자가 정말 좀 전의 그 신랄하던 반장이 맞는지, 의심스러울 정도로 온화한 표정이 떠올라 있었다.

"여자로 태어난 건 정말 감사할 일이고, 은총이에요. 가꾸세요. 소희 씨! 가꾸세요."

나비는 단호했다.

"그게, 애가 아직 어리니까 꾸민다는 게 그게 쉽지가……."

나는 입속에 말을 넣고 우물우물했다. 자신 없는 말투였다.

"쉿! 잔말 마! 무조건! 여자는 무조건 아름다워야 돼. 이건 무조건이야! 두말할 필요도 없고 잔말할 필요도 없어. 여자는 무조건 아름답고 봐야 돼. 예외가 없어!"

기립박수라도 쳐야 될 분위기였다. 나비의 격앙된 목소리에 나는 가슴이 두근거렸다. 이런 두근거림, 생각해보니 결혼 후 처음이다.

"소희 씨! 알았어? 여자는 무조건 아름다워야 돼. 내 말 알아들었지? 무조건, 무조건이야! 소희씨도 예외는 아니에요. 알았죠? 대답해! 빨리, 대답!"

"네!"

휴—.

간신히 대답했다고 생각했는데 나는 다소 흥분하고 있었나보다. 네, 하는 대답소리가 어찌나 컸던지 서빙 하던 여점원들이 일제히 나를 돌아봤다.

걸스카우트 선서라도 한 기분이다.

대가리에 똥만 잔뜩 들어 가지고!

나, 정말 언제부터 이렇게 됐지? 현을 낳고? 아니, 그건 아냐. 그럼 언제부터? 얼마 전까지만 해도 내 몸무게는 분명 오십 킬로그램을 조금 넘었을 뿐이다. 얼마 전? 그게 정확히 언젠데? 하긴, 얼마 전이라는 말은 과장이다. 몇 년 동안 몸무게를 재지 않았으니까. 어느 순간부터 나는 그저 육십칠 킬로그램의 뚱뚱한 애 엄마다. 그냥 그렇게 되어버렸다.

"옷차림이 그게 뭐야? 너 그게 학생 꼴이라고 생각하니? 니 눈엔 지금 니 꼴이 그게 학생으로 보여? 술집 작부처럼 하고 너 진짜 이 집 대문에서 나가려고 그랬어? 제정신이니? 부모 얼굴에 똥칠을 해도 유분수지."

"축제야."

축제니까 이런 정도는 괜찮은 거 아냐? 나는 그렇게 생각했다. 그리고 뭐 이제는 어엿한 여대생이니까 빨간 플레어스커트 정도 입을 수도 있는 거야. 방에서 나오기 전까지만 해도 나는 당당했다.

아침부터 거울 앞에 앉아 얼마나 심혈을 기울였는데……. 억울했다. 찬에게 나의 이, 아름다운 모습을 보여주고 싶었다. 나의 이 모습을 찬에게 보여주기 전에는, 그 전에는 나는 절대로 화장을 지우지도 옷을 갈아입지도 않을 거다.

엄마가 무슨 말을 하든지 절대로!

나는 눈을 부릅떴다.

네까짓 게 눈을 부릅떠봤자 누가 겁난대? 가소롭다는 듯이 엄마는 입가에 엷은 미소까지 띠며 나를 쏘아봤다. 나는 곧 눈을 내리깔았다. 엄마하고는 도저히 상대가 되지 않는다. 차라리 평소에 하던 대로 가방에 싸가지고 나가서 지하철 화장실에서 갈아입을걸, 하고 웃기지도 않은 나의 당당함을 후회했다.

엄마의 얼굴, 안 봐도 알 수 있었다. 흥, 꼴에 웃기는군, 이라고 씌어 있겠지.

"축제? 삼류대학에 다니는 기집애들은 죄다 그 꼴을 하고 학교에 오나보지? 미친년들! 대가리에 똥만 잔뜩 들어 가지고!"

엄마의 승리! 삼류대학이라는 말에 나는 한 방에 케이오.

깨갱, 꽁지를 내리고 방으로 후퇴했다.

거울 앞에 섰다. 하얀 얼굴에 빨간 입술, 블라우스 위로 도드라진 가슴, 엉덩이 밑에서 찰랑거리는 빨간 플레어스커트까지, 방에서 나가기 전만 해도 나는 나의 이 모습이 흡족했다. 이대로 거리에 나가 뭇 사람들의 시선을 받으며 찰랑찰랑 나의 젊음이, 여성으로서의 나의 매력이 발산하는 소리를 눈으로 확인하고 싶었다. 충분히 사랑스러운 모습이라고 생각했다.

술집 작부 같다고?

정말 그런가. 좀 전까지의 자신감 같은 것은 흔적도 없이 사라졌다. 애써 차려입은 옷들을 벗고 주섬주섬 청바지를 주워 입었다. 단추가 여러 개 달린 헐렁한 남방을 걸치고 학생가방을 멨다.

영락없이 얌전한 여고생이었다.

그 뒤로도 나는 여러 번 똑같은 소리를 들어야 했다.

거실 소파에 누워 오이 마사지를 하고 있을 때. 맥주병으로 종아리를 밀고 있을 때. 찬이 사준 구슬핀으로 머리를 뒤로 올리고 나왔을 때. 가슴의 굴곡이 그대로 드러나는 스판덱스 티셔츠를 입었을 때. 빨간 털이 앙증맞게 달려 있는 가죽장갑을 샀을 때 등

등. 그럴 때면 어김없이 등 뒤로 날아와서 꽂히던 말이 있었다.

대가리에 똥만 잔뜩 들어 가지고!

아름답다거나 아름다워지려고 하는 행위는 무엇이든지 대가리에 똥만 잔뜩 든 미친년들의 짓거리다. 그것이 바로 아름다움에 관한 엄마의 견해였다.

장모님 맘에 드는 옷이 예쁜 옷이야!

결혼 전 태후 씨는 울산에, 나는 서울에 있었다. 그래도 우리는 엄연한 부부였다. 법적으로는. 혼인신고는 벌써 일 년 전에 했다. 남은 건 결혼식을 올리는 것뿐이었지만 과연 결혼식을 올릴 수 있을지, 나는 아예 포기하고 있었다. 엄마의 속셈을 뻔히 아니까. 어떻게 해서든지 결혼식 날짜를 미루려고만 하는 엄마의 속셈은 나중에 기회가 있으면 그때 얘기하도록 하자. 삼천포로 빠지기는 싫으니까.

그렇게 어정쩡한 상태. 혼인신고는 했지만 결혼식은 언제 하게 될지 알 수 없는 처지, 에서 태후 씨는 한 달에 한 번 꼴로 서울에 올라왔다. 그리고 그때마다 내게 옷을 사줬다. 딱히 옷이 필요하다거나 옷을 사달라고 조른 적은 없다. 그것은 어디까지나 태후 씨의 의지였다. 그리고 그 태후 씨의 '의지' 때문에 나는 얼마나 숨이 막혔는지…….

그날도 우리는 평소의 습관대로 목동의 로데오 거리로 옷을 사러 갔다. 물론 나의 옷을. 가능하면 레이스가 많이 달려 있거나 망사로 만들어진 옷을, 나는 선호했다.

"당신한테 그런 스타일은 어울리지도 않아."

"당신이 몰라서 그래요. 나한테는 원래 이런 스타일이 어울려요."

그날도 어김없이 우리는 다퉜다. 나는 몸에 완전히 착 달라붙는 레깅스 바지를 원했고 태후 씨는 면바지를 고집했다. 세상에 아이보리 면바지에 남색 브이네크 스웨터라니! 태후 씨가 권하는 옷들은 한결같이 여고생 수준의 것들이었다.

"나는 힙이 커서 이런 바지는, 입으면 완전히 작업복이라니까."

"그건 당신 생각이지. 당신은 이렇게 고상한 옷을 입어야 예뻐. 내 눈이 맞아. 내 눈이 정확해."

언제나 이런 식이다. 내 눈은 정확하고 네 눈은 틀리다, 이다. 그러나 어째서?

레깅스 바지를 입은 채로 거울 앞에서 쭈뼛쭈뼛했다. 벗기 싫었다. 모처럼 맘에 드는 옷을 찾았는데…….

"고분고분 좀 해봐. 나는 도대체가 당신이란 여자를 이해할 수가 없어. 뭐든지 그냥, 쉽게 네! 하고 대답하면 안 돼? 벗어. 속옷 같은 바지를 입고 가서 장모님한테 내가 사줬다고 할 거야?"

태후라는 남자, 안 벗으면 흠씬 두들겨 팰 기세였다. 작은 말다툼을 하다가도 나는 김태후라는 남자에게서 그렇게 종종 살기를 느끼곤 했다.

태후 씨가 권한 면바지를 들고 탈의실로 들어갔다. 면바지와 브이네크 스웨터를 입고 나왔다.

"당신, 너무 괜찮다. 봐, 얼마나 좋아 보여?"

태후 씨는 나를 거울 앞으로 끌고 갔다. 거울에, 나의 어깨를 두 손으로 감싸 안은 태후 씨의 얼굴이 보였다. 활짝 웃고 있었다. 영락없이 다정다감한 남편의 모습이었다.

"얌전하고 고상해 보이지? 이런 옷을 입고 들어가야 장모님이 좋아하시지. 장모님이 좋아하실 옷이 당신한테 어울리는 옷이야. 알았나요, 우리 예쁜 사모님?"

마지못해 고개를 끄덕였다. 하기야 그 상황에서 고개를 끄덕이지 않았으면 어떤 사태가 벌어졌을지, 상상도 할 수 없다.

나의 옷을 산 뒤에 우리는 당연히 그래야만 되는 것처럼 엄마의 옷을 골랐다. 내 옷을 하나 사면 엄마 옷도 꼭 하나씩 샀다. 물론 나의 옷값보다 엄마의 옷값이 훨씬 더 비쌌던 것은 말할 필요도 없다. 그것도 물론 태후 씨의 의지였다.

"당신 돈가스 좋아하지? 가자!"

옷을 산 뒤에 우리는 돈가스를 먹으러 갔다. 가자! 그러면 가는 것이다. 잔말이 있을 수가 없다.

돈가스 전문점에 들어가서도 아름다움에 관한 태후 씨의 설교가 계속, 지겹게, 되풀이됐다.

결론부터 말하자면 이렇다.

"장모님 맘에 드는 옷이 예쁜 옷이야!"

더더군다나 놀라운 건 김태후라는 남자, 엄마가 좋아할 만한 옷이 어떤 것인지 정확히 파악하고 있었다는 거다. 대단한 눈썰미다. 나는 혀를 내두르지 않을 수 없었다.

그날, 태후 씨의 설교 중간중간에 잠깐씩 화장실에 다녀왔다. 화장실까지는 쫓아올 수 없으니까. 화장실 변기 위에 쪼그려 앉아 몰래 담배를 한 대 피우고 나면 답답했던 마음이 조금이나마 나아졌다. 그때, 아마 이런 생각을 했었던 것 같다.

'결혼하면 골초가 될 거야, 뻔해!'

아름답다거나 아름다워지려고 하는 행위는 무엇이든지 대가리에 똥만 잔뜩 든 미친년들의 짓거리다. 그것이 바로 아름다움에 관한 엄마의 견해다.

장모님 맘에 드는 옷이 예쁜 옷이야! 그것이 바로 예쁜 옷에 관한 태후 씨의 견해다.

그래서 결국 이런 공식이 성립하게 된다.

아름다움에 관한 엄마의 견해＝예쁜 옷에 관한 태후 씨의 견해.

그리고 이 두 사람으로 말할 것 같으면 이 세상의 그 어떤 위인들보다도 내게 지대한 영향을 미치고 있는 인간들이다. 그들이 차지하고 있는 지위 때문이다. 엄마와 남편이라는 막강한 타이틀 말이다. 고로 나는 언제부터인가 아름답다거나 아름다워지려고 하는 행위 자체를 그만뒀다.

왜?

그거야 대가리에 똥만 잔뜩 든 미친년이 될 수는 없으니까.

똥여사는 제 몫의 비빔밥을 벌써 다 먹어치웠다. 이제 빈 수저를 들고 나를 바라보는 똥여사의 눈은 이렇게 말하고 있다. 자기, 그만 먹을 거지? 똥여사의 눈빛이 사뭇 비장하다. 그래서 나는 내 몫의 비빔밥을 똥여사에게 양보했다. 이런 경우에는 차라리 굶주리는 편이 홀가분하군, 미련 없이 숟가락을 내려놨다.

숟가락을 내려놓고보니 할 일이 없다. 하릴없이 여자들을 다시 둘러봤다. 모두들 아름답거나 아름다워지려고 노력하고 있는 흔적이 완연한 여자들뿐이다. 그렇다면 나는 지금, 대가리에 똥만 잔뜩 든 미친년들과 어울려서 미친 짓거리를 하고 있는 걸까?

남편이나 엄마가 봤다면 아마도 분명히.

구민회관과 백화점의 차이

식사 후에는 커피를 마셨다. 삼백 원짜리 자판기 커피를. 밥을 먹은 뒤에 반장이 손바닥을 내밀자 모두들 백 원짜리 동전 세 개씩을 그 손바닥 위에 올려놨다. 나는 오백 원짜리 동전을 냈다. 하필 백 원짜리 동전이 하나도 없을 수가! 과연 거스름돈은 받을 수 있을까, 염려가 되었다.

동전이 모이자 반장이 여점원을 호출했다. 여점원은 동전들을 받아 들고 군말 없이 커피 자판기로 갔다.

"밥을 시켜 먹었으면 커피 정도는 지네가 서비스해줄 수도 있는 거 아냐?"

반장의 번듯한 이마에 불쾌한 주름들이 지글지글. 역시, 나와는 상당한 수준 차이다. 나의 경우에는 커피 자판기에 가서 당당히 커피를 뽑아오는 짓은 엄두도 내지 못한다. 밥을 먹었으면 으레 빨리 자리를 비켜줘야지, 하고 생각했을 텐데 반장은 도리어 서비스 차원에서 얘기를 하고 있는 것이다. 게다가 여점원을 시켜 자판기에서 커피를 뽑아오게 하다니! 그러니까 결국 반장은 남을 부릴 줄도 아는 여자다.

나 같은 것은 감히 엄두도 못 낼 일이다.

커피를 마시다 말고 문득 생각났다는 듯이 반장이 나를 바라봤다. 그 쏘아보는 것 같은 시선에 조금 주눅이 들었지만 혹시, 거스름돈? 하고 아직 돌려받지 않은 이백 원에 생각이 미쳤다. 이제야 생각이 났나보군요, 아름다운 할머니.

"자기, 스물일곱이라고 했나? 그럼 제일 막내네. 뚱보 니는 이제 막내 자리도 뺏겨부렸다. 그라믄 이제부터 자기가 막내다. 알았나?"

거스름돈은 안 주고 웬 엉뚱한 얘기?

"네."

대답은 했지만 괜히 뚱여사의 눈치가 보였다. 뚱여사는 그래도 이 중에서 제일 젊다는 것 하나로 지금까지 버텨온 것 같은데 그나마 막내 자리도 뺏겨버렸으니……. 세 겹이던 뚱여사의 턱이 한 겹 더 두꺼워졌다. 기분이 언짢아지면 어떤 사람의 경우에는 턱살이 늘어나기도 한다는 걸 눈으로 확인하는 순간이었다.

"막내, 니는 아주 잘 왔다. 그런데 어떻게 알고 첨부터 백화점으로 다닐 생각을 했누? 야야, 참말로 기특하다. 자기들, 내 말이 안 맞나? 구민회관으로 백날 다녀봐라. 사람이 변화가 있나. 쭈글쭈글 할바시들에다가, 궁상궁상 할마니들만 잔뜩 있는 데서 거기서 뭘 배우노?

춤을 하나 배워도 그런 데서는 절대 배우지 마라. 사람은 눈으로라도 보는 게 있어야 달라진다. 허구한 날 집구석에 틀어박혀서 애만 쳐다보고 있는데 보는 것도 없으면 사람이 금방 추해져뿐다.

백화점에 와봐라. 보고 배울 게 얼마나 많누? 예쁜 여자들도 많지, 여자들 말하는 품새도 냥냥냥냥, 얼마나 상냥하누? 다른 여자들은 어떻게 꾸미고 다니는지도 배우고 집 꾸미는 것도 보고 배우고 얼마나 배울 게 많은지 모른다.

막내 니는 절대로 백화점이다, 백화점!

막말로 지금 그 꼴을 해가지고 구민회관으로 갔어봐. 아따, 궁상궁상 지지리 궁상으로 있었으면 있었지 지금 그 꼴에서 요맨큼도 변화가 없었을 기다. 내 말이 틀리나?" •••

"아니, 아니. 아주 지당한 말이야. 잘하고 있는 짓이야."

반장의 말에 나비가 맞장구를 쳤다. 반장의 얼굴도 나비의 얼굴도 약간 상기되어 있다.

"막내! 니, 내 말 명심해라. 오늘 내가 해준 얘기는 진짜 비싼 얘기다. 옛말에도 이런 말이 있다. 집하고 여자는 꾸며야 빛이 난다고 말이다. 니, 춤은 왜 배우나? 이왕 예뻐지기로 했으면 화끈하게 해라! 화끈하게! 내가 다음주에는 니 어떻게 하고 나오나 유심히 볼끼다. 알았나?"

"네!"

대답 소리가 또 너무 컸다. 나비를 포함해서 모두들 키득거렸다.

"소희 씨, 참 예쁘죠?"

나비가 나의 손등을 톡톡, 가볍게 두드렸다. 열심히 해보세요, 라는 말처럼 들렸다.

슈거 푸시

집으로 돌아오자마자 현은 곯아떨어졌다. 유아놀이방으로 현을 찾으러 갔을 때 현의 눈시울은 오늘도 붉어져 있었다. 미안했

●●●이상은 어디까지나 반장의 주장이다. 백화점 측에서나 구민회관 측에서나 오해 없길 바란다. 아무쪼록 특정 기관을 선전, 비방할 목적으로 삽입한 대사가 아님을 이해해주시길……

지만, 애써 모른 척했다. 이렇게라도 하지 않으면 안 돼, 라고 나는 나를 다독거렸다. 일주일에 하루, 168시간 중에 겨우 한 시간 동안 나는 온전하게 나만의 시간을 누렸고 앞으로도 그러고 싶다.

이런 나는 과연, 이기적인 어미인가?

현이 잠들어 있는 동안 전신 거울 앞에서 시간을 보냈다. 전신 거울은 현관의 신발장 뒤에 처박혀 있었다. 거기, 전신 거울이 있었다는 사실도 까맣게 잊고 있었다. 남편의 부대 동료 중 한 명이 집들이 선물로 사다준 것이었지만 이제까지 그 앞에 서본 적은 한 번도 없다.

거실 중앙의 오디오 옆으로 전신 거울을 옮겼다. 거울 속의 내 모습, 못마땅했다.

제일 먼저 신발장을 뒤졌다. 원하던 구두를 찾아냈다. 처녀 적에 늘 신고 다니던 검정 가죽구두다. 구두는 낡았지만 구두 뒤축에 묻어 있는 추억의 농도는 조금도 엷어지지 않았다. 가로등이 줄지어 불을 밝히고 있던 늦은 밤의 양화대교, 그 밤 오른쪽 뺨이 얼얼하도록 마주 대고 있던 찬의 왼쪽 볼, 우리의 입맞춤 위로 함성처럼 쏟아지던 버스 안 승객들의 야유……. 이 구두를 신고 나는 거기, 그 시간 속에 안겨 있었다.

코끝이 시큰했다.

"바보같이."

바닥에 철퍼덕 주저앉아 발에 맞지 않는 구두를 어떻게든 신어보려고 애썼지만 실패였다. 살이 찌면 발도 부어버린다는 새로운 사실을 알게 됐다. 모르는 사이에 발 전체가 넓적하게 퍼져버렸다. 구두는 예전 그대로인데 구두의 주인은 몰라보게 변했다. 이것이 지금 나의 현실이다,

발가락만 간신히 구두 속에 밀어 넣고 일어섰다. 그럭저럭 걸을 수는 있었다. 다시, 거울 앞에 섰다. 여전히 뚱뚱하고 못마땅한 모습이지만 키가 커져서인지 좀 전과는 사뭇 달라 보인다.

옛말에도 이런 말이 있다. 집하고 여자는 꾸며야 빛이 난다고 말이다.

반장의 말이 떠올랐다. 굽이 있는 구두를 신은 것만으로도 이렇게 다른 기분이 되다니……. 뒤로 질끈 동여매고 있던 머리를 풀었다. 어깨를 지나 등 뒤로, 머리카락들이 출렁거렸다. 오랫동안 잊고 살았던 감촉이 등 뒤에서 넘실댔다. 내 머리도 사실은 이렇게 풍성했구나, 손을 뻗어 귀 뒤로 머리카락들을 쓸어 넘겼다. 이런 간단한 동작도 참, 오랜만이다. 예전에는 늘 머리를 풀고 다녔는데…….

주부로서의 하루 일과에는 머리를 풀 시간이라고는 없다. 청

소, 설거지, 칭얼대는 아이 달래기, 빨래 등등. 뒤로 질끈 동여매지 않고서는 흘러내려오는 머리카락들 때문에 가사 일에 제대로 집중할 수가 없다.

거울 앞에 서 있는 동안만이라도 구두를 신자. 그리고 머리를 풀자.

두 팔을 앞으로 쭉 뻗었다. 내 앞에 누군가가 서 있다, 그리고 그 누군가의 손바닥과 나의 손바닥을 맞댄다. 그런 느낌으로 손바닥을 거울에 가져다 댔다. 거울 표면과 내 손바닥의 지문이 맞닿았다. 거울은 사물이다, 온기가 없다. 그런데도 제게로 맞부딪쳐 오는 것은 그것이 사람이든 사물이든 가리지 않고 비춰준다. 꺼리지 않는다.

앞으로 쭉 뻗었던 팔을 가슴 옆으로 넓게 벌린다. 이제 손바닥 대신 나의 가슴이 거울과 닿는다.

슈거 푸시sugar push. 오늘, 라틴댄스 수업 시간에 배운 동작이다. 내 앞에 서 있는 누군가의 손바닥과 나의 손바닥을 맞댄 상태에서 그대로 팔을 쭉 뻗는다. 서로의 몸이 뒤로 밀려나간다. 이제, 손바닥은 여전히 서로 맞댄 채로 팔만 가슴 옆으로 벌린다. 그러면서 서로 멀어졌던 두 사람의 몸이 다시 하나로 겹쳐진다.

지금까지 배운 동작들 중에서 가장 아름다운 동작이다.

슈거 푸시. 왜 슈거 푸시일까? 멀어짐, 그 뒤의 사탕처럼 달콤한 만남?

거울 앞에 서서 나는 거울 속의 나를 똑바로, 뚫어지게 바라본다. 거울 속의 나에게 손바닥을 내민다. 거울 속에서 나의 손바닥이 나의 손바닥과 만난다. 거울 표면에 손바닥을 붙인 채로 팔을 옆으로 벌린다. 거울 속에서 이제, 나의 가슴이 나의 가슴과 겹쳐진다. 내가 나와 하나가 된다.

같은 동작을 여러 번 반복하는 동안 이제까지는 들어보지 못했던 말들이 사탕처럼 달콤하게 내 속으로 녹아들어왔다.

아름답다는 건 내가 나 스스로 나만의 빛을 발하는 거라고 생각해요.

우리들은 여자잖아요.

어째서? 그녀들은 왜 그렇게 당당하지? 여자라는 거…… 정말 그런 걸까?

전화벨이 울렸다. 현이 깨면 어쩌나, 급히 뛰어가다 발을 삐었다. 오랫동안 신지 않았던 구두 때문이다. 구두를 벗어던졌다. 잠깐 신었을 뿐인데도 발가락이 저렸다.

엄마였다.

"니가 나한테 이럴 수가 있어?"

엄마는 잔뜩 화가 나 있다.

"왜? 뭐가?"

"뭐가? 몰라서 물어? 너란 애는…… 정말, 도저히 정을 줄래야 줄 수가 없어."

이런 식의 말, 이젠 상처가 되지도 않는다. 자주 곪았다 터진 상처들로 내 마음에는 오래전에 굳은살이 박였다. 약간 언짢을 뿐이다. 이번엔 또 뭐지?

수화기 너머에서 엄마의 숨소리가 거칠어지고 있었다. 엄마는 화가 나면 자기 성질에 못 이겨 몸을 부르르 떨기도 한다. 참, 지랄 맞은 성격이다, 라고 생각했지만 나는 아무런 대꾸도 하지 않았다. 오랜 경험으로 비추어볼 때 이런 경우, 입 다물고 있는 쪽이 현명하다.

"엄마가 거지야? 어떻게 매대에 막 쌓아놓고 파는 걸 엄마 생일 선물로 사올 수가 있니? 그것도 세일하는 걸 엄마한테 사다 줘? 내가 이런 걸 입을 것 같아? 당장 와서 도로 가져가! 내일까지 안 가져가면 쓰레기통에 처박아버릴 테니까!"

뚜―.

일방적으로 전화가 끊겼다.

나는 가지 않을 것이다. 어차피 훔친 거니까. 만약 정당하게 돈을 주고 샀더라면 할 수 없이 그 집에 가서 엄마가 이런 거, 라고 집어던진 옷을 가져와야 했으리라. 돈이 아까워서라도.

나의 경우에는 늘 그랬다. 어떤 짓을 하든지 그것이 정당한 경우에는 오히려 부당한 판결을 받았다. 물론 내 머리통에다 대고 판결의 방망이를 땅땅, 내리친 사람은 언제나 엄마였지만.

벗어던졌던 구두를 집었다. 구두를 신고 다시 거울 앞에 가서 섰다. 현은 아직 자고 있다. 그 동안만이라도 나는…… 나와 만나고 싶다. 삐끗한 오른발이 조금 저렸지만 그럭저럭 아직은 서 있을 만하다.

다시, 거울 속의 나를 향해, 내 일상의 오목하게 팬 곳에 몰래 간직해둔 찬을 향해, 팔을 뻗는다. 쭈욱.

좌회전

여자들, 샘내다

뭘 입지? 옷이 없다. 10시 30분까지는 이제 십 분도 채 남지 않았다. 아침부터 옷장을 뒤졌지만 입을 만한 것이라곤 하나도 없다. 할 수 없군, 별 수 없이 또 패딩점퍼에 면바지다. 반장이 뭐라고 면박이나 주지 않으면 좋으련만……

나비는 저런 옷을 대체 어디서 구하는 걸까, 나비는 오늘도 역시 샘을 낼 수도 없을 만큼 화사하다. 아래위 한 벌로 에메랄드빛 벨벳 바지 정장을 입고 있다. 오늘도 나비는 자신의 잘록한 허리가 강조되는 디자인의 옷을 입고 있다. 자신의 단점보다는 강점을 강조함으로써 취약점을 커버한다, 이다. 얄미울 정도로 센스가 있다.

오늘도 나는 앞에서 네번째 줄에 자리를 잡았다. 맨 앞줄로 나가기에는 한참 모자라다. 춤 실력뿐만 아니라 외모를 포함해서 모든 것이 다.

수업 첫날부터 지금까지 사람들의 자리에는 변화가 없다. 모두들 처음 섰던 그 자리에서 한 걸음도 전진하지 못하고 있다. 교실 맨 앞에는 나비가 혼자 서 있다. 선생이니까 당연히.

나비 바로 뒤, 맨 첫줄에는 반장과 손 큰 여자와 파리paris 할머니—이 할머니는 지금까지 늘 모자를 쓰고 나타났다. 의상에 맞춰서 모자까지 쓰고 다니는 멋쟁이다. 그래서 나는 이 할머니를 파리 할머니라고 부르기로 했다—와 노처녀로 보이는 아가씨가 선다. 한 번도 말을 나눠본 적이 없기 때문에 정말로 노처녀인지 아줌마인지는 분명하지 않다. 그러나 아줌마로는 절대로 보이지 않는다. 스타킹까지도 색깔을 맞춰서 신고 다닐 만큼 멋쟁이다. 가지색 스타킹 같은 것을 도대체 어디서 구하는 걸까?

　두번째 줄에는 늘 똑같은 옷차림을 하고 나오는 여자가 선다. 이 여자는 낡은 청바지에 흰색 남방에 회색 브이네크 스웨터를 입고 있다. 옷차림은 그저 그렇지만 몸매는 아름답다. 이 여자 옆으로 금테 안경을 쓰고 효도 신발을 신고 있는 덕심이 할머니, 이 할머니는 우리 라틴댄스 반에서 제일 나이가 많다. 아마도 그녀의 나이는 칠십을 웃도는 것 같다. 그 나이에도 무언가를, 그것도 라틴댄스를 배운다는 것 자체가 그녀를 다른 할머니들과는 달라 보이게 한다.

　그 뒤로 세번째 줄에 뚱여사가 선다. 뚱여사 옆으로는 길거리나 동네에서 흔하게 볼 수 있는 그저 그런 아줌마들이 서너 명 선다. 그래도 뚱여사를 제외하고는 다들 봐줄 만은 하다.

맨 뒤 네번째 줄에 내가 선다. 내 옆으로는 아줌마라는 단어 외에는 딱히 어떤 단어로도 표현이 되지 않는 중년의 아줌마들이 여러 명 서 있다. 내가 서 있는 이 네번째 줄이야말로 우리 라틴댄스 반에서도 제일 별 볼일 없는 여자들이 서는 곳이다. 몸매도 그저 그냥, 옷차림도 그저 그냥, 센스라고는 없어 보인다.

아무도 우리에게 이렇게 줄을 서시오, 라고 명령을 하지는 않았다. 그런데도 어쩌면 이렇게 입을 맞춘 것처럼 비슷비슷해 보이는 사람들끼리 한 줄이 되어 서 있는지, 신기할 정도다.

뒤로 갈수록 형편없다, 이다.

"자기, 양파 안 먹을래?"

수업이 끝나자마자 손 큰 여자가 나에게로 쫓아왔다. 손 큰 여자는 매번 수업이 있을 때마다 보따리를 하나씩 들고 왔다. 오늘도 큼직한 보따리가 하나, 손 큰 여자의 손에 들려 있다. 지난주에는 그 보따리 속에 배추김치가 들어 있었다. 손 큰 여자는 매주 그렇게 나비에게 무언가를 싸다줬다. 지난주, 보따리를 풀어본 나비가 말했다.

"저 여자는 진짜 손이 커요. 손이 커도 얼마나 큰지 몰라. 왕손이야, 왕손. 그런데 쌀독에서 인심 난다고, 있으니까 손이 큰 거야. 그러니까 저 여자는 있는 여자라니까."

나비의 말에 손 큰 여자는 얼굴을 손으로 가리며 쑥스러워했다. 얼른 보면 민망해하는 것 같지만 그러나 그건 어디까지나 척, 이었다. 있는 여자라는 말에 한껏 기분이 좋아져서는 밥값까지 자기가 계산하려고 했다.

"자기 양파 먹어, 양파. 양파를 그냥 먹지는 못하니까 즙을 내서 먹어. 양파 즙 먹으면 살도 빠지고 피도 맑아지고 너무너무 좋아. 반장이랑 선생님도 다들 드셔. 주소만 말해주면 택배로 집까지 바로 배달이 돼."

"정말요? 양파 즙을 먹으면 정말로 살이 빠져요?"

귀가 솔깃했다.

"우리 시댁이 양파 농사를 하잖아. 안 좋은 걸 내가 자기한테 권하겠어? 선생님도 드신다니까. 자기, 주소가 뭐야?"

"서울시 ○○구 ○○동 6가 102번지 5통 6반이요."

얼떨결에 대답하고 말았다.

"석 달 치 육만 원이야. 육만 원이 어디 돈이야? 자기, 점심 먹으러 갈 거지?"

"아뇨. 오늘은 일이 있어서 그냥 가야 되는데……."

손 큰 여자는 주소 적은 쪽지를 핸드백에 쑤셔 넣고는 서둘러

나비와 그녀의 추종자들을 쫓아갔다.

이 일을 어쩐담? 얼떨결에 주소를 불러줬지만 양파 즙 같은 걸 먹을 여유라고는 없는데……. 난감했다. 하지만 벌써 엎질러진 물이다, 라고 생각하기로 했다. 그러나 영 마음이 편치 않았다.

현을 찾아서 엘리베이터를 탔다. 엘리베이터가 1층에 도착했다. 엘리베이터의 문이 닫히기 직전에 나는 다시 엘리베이터 안으로 들어갔다. 7층을 눌렀다. 아무래도 양파 즙은 지금의 나의 경제력으로는 무리다, 라고 머릿속에서 계속 경종이 울렸다.

"자기 왔네! 자긴 뭐 먹을래?"

나비가 반색을 하며 반겼다. 그 얼굴에 대고 그냥 갈 거라는 말은 도저히 할 수 없었다. 나비가 빼준 의자에 엉덩이를 내려놨다. 마침 뚱여사가 있었지만 그녀는 저쪽 끝에 앉아 있었다. 나는 5,500원짜리 콩나물 국밥을 시켰다. 이번에는 밥값이 다운되는 행운 같은 것도 없었다.

밥값을 계산하고 나오면서 틈을 봐 손 큰 여자에게 말을 걸었다. 지금 먹고 있는 약이 많아서 양파 즙은 다음에 먹어야겠다고 말하자 손 큰 여자는 그래, 알았다는 식으로 고개를 끄덕거렸다. 그러나 그녀의 눈에는 몸짓과는 다르게 언짢은 기색이 역력히 드러나 있었다. 약을 얼마나 먹는지는 몰라도 그깟 육만 원짜리 양파 즙 하나 더 못 먹니, 라고 말이다.

손 큰 여자의 무언의 말. 우울했다. 산다는 건 어쩜 이렇게 불공평한 걸까, 철학적인 질문들이 나를 괴롭히기 시작했다. 나비를 비롯해 당당하고 예쁜 여자들이 우르르 엘리베이터 안으로 들어가는 것을 확인하고 나서 다시 8층으로 올라갔다.

8층 휴게실에 앉아 자판기 커피를 뽑아 마셨다. 나의 여유라는 것은 겨우 이런 정도로군. 하지만 곧 삼백 원짜리 밀크커피에 만족하기로 했다. 나름대로의 여유를 만끽하고 있었다.

"봤어, 봤어? 내 말이 맞지? 그러니까 지난주에 지들 둘이서만 이태원에 갔다 왔다니까. 아니, 우리한테 말하고 가면 우리가 뭐 좇아갈까봐 그래? 지네들만 튀게 입겠다 이거지."

파리 할머니와 뚱보다. 그리고 그 곁에 나처럼 네번째 줄에 서는 별 볼일 없는 아줌마 한 명이 더 있다. 나를 본 세 여자는 내 옆으로 몰려왔다. 파리 할머니는 흥분해 있었다.

"오늘 반장이랑 그 있는 여잔가 뭔가 하는 여자랑 둘이서 벨벳으로 옷 맞춰 입고 온 거 봤어? 선생님 다니는 의상실을 지들끼리만 알아내서 거기 가서 맞춰 입었나봐. 되게 예쁘지 않았나? 우리도 선생님한테 물어봐서 한번 가볼까?"

웃음이 나왔다. 저 나이에도 저런 샘을 부리다니.

"안 돼, 안 돼! 어휴, 선생님한테 물어보면 내가 고자질한 것 밖에 안 되잖아. 자기만 예쁘고 특이하게 입고 싶은데, 다들 쫓 아가서 똑같이 맞춰 입고 오면 누가 기분 좋겠어? 거기다 반장이 랑 손 큰 여자랑 이태원 갔다 온 거 나밖에 모르는데. 그럼 내가 뭐가 돼?"

뚱여사였다. 등치에 어울리지 않게 소심하다.

"그럴까? 그래도 되게 약 오르지 않냐? 지네들만 만날 예쁘 고. 그럼 우리도 오늘 우리끼리 이태원에 한번 가볼까? 남대문에 도 한번 가보고. 정자 씨는 갈 거지? 우리도 가서 야들야들한 거 로다 하나씩 골라 입고 오자. 응? 우리야 의상실 가서 맞춰 입을 돈은 없잖아. 안 그래? 돈은 없어도 다리품 팔아서 열심히 뒤지 고 다니다보면 우리는 또 우리 사정에 맞는 옷 하나씩은 건지지 않겠냐?"

파리 할머니의 주장, 설득력이 있었다. 별 볼일 없어 보이는 정자 씨도 힘차게 고개를 끄덕거렸다.

그리하여 12월 15일의 어느 오후에 우리는 이태원 행 버스를 탔다.

왼쪽으로? 출발!

버스 속에서 수다 떠는 거, 새롭다. 여고 시절로 되돌아간 듯하다. 버스를 타는 것도, 여자들과 어울려 하하, 호호 수다 떠는 것도, 옷을 사러 시장에 가는 것도.

이게 과연 얼마 만의 일이지?

결혼 후 처음이다. 너는 수다 떨 여자 친구도 하나 없니? 라고 누군가 내게 반문을 해오겠지만 사실이다. 한심해 보이겠지만 말이다.

아무에게도 집 전화번호를 가르쳐주지 않았다. 혹시나 뜻하지 않은 순간에 나의 과거 행적들을 남편이 알게 될까봐, 언제나 신경이 쓰이니까. 차라리 수다 떠는 것 외에는 별 필요가 없는 여자 친구들 따위, 포기하는 편이 낫다고 생각했다.

이태원까지는 몇 정거장 더 남아 있다. 이제 얼마 후면 나는 이태원에 도착할 것이고 그러면 그곳에서 평상시에는 입지도 못할 옷을 한 벌 사게 될 것이다. 이왕이면 평상시에는 어머나, 세상에! 혹은, 저런 옷을 어떤 년이 입어! 라고, 눈살을 찌푸리게 될 정도의 옷이었으면 좋겠다. 레이스가 조금 달려 있든, 많이 달려 있든, 맨살이 다 비쳐 보이는 망사든, 어차피 평상시에 입을 수 없기는 마찬가지니까. 그렇다면 일주일에 한 번, 라틴댄스 수업 시간에라도 평상시의 나로서는 꿈도 꿀 수 없는 드레스를 입고 싶다.

상상만으로도 군침이 돈다. 꿀꺽, 침을 삼켰다. 불현듯, 왼쪽으로 가고 있다는 생각을 했다. 왼쪽으로? 그럴지도.

열네 살의 이른 봄날, 나는 생애 처음으로 내 삶의 왼쪽을 보았고 그 뒤로 가끔 좌회전을 했었다.

"너, 이걸 왜 숨겨놨니? 이런 게 있으면 당연히 엄마하고 상의해야 되는 거 아냐?"

숨이 멎는 줄 알았다. 팬티를 들고 나오다니, 그것도 아침 밥상에!

"왜 말이 없어?"

여보, 당신도 이걸 좀 보세요, 라는 듯이 엄마는 나의 팬티를 식탁 위에 올려놨다. 아빠는 시선을 다른 곳으로 돌렸다. 딸아이의 생리혈이 묻은 팬티를 담담하게 들여다볼 수 있는 아버지가, 그것도 아침 밥상에서 밥을 먹다 말고 단무지나 오이지 같은 것을 씹듯이 아무렇지도 않게 대할 수 있는 아버지가 세상에 도대체 몇 명이나 될까? 엄마는 도대체 나보고 무슨 말을 하라는 거지?

"여보, 당신 딸이란 애가 저렇게 음흉해요. 당신은 이해가 돼요? 나는 저애를 알 수가 없어. 세상에 놀라고 당황해서라도 나 같으면 엄마한테 와서 물어도 보고 앞으로 어떻게 해야 되나 상의도 하고 그랬을 텐데. 누가 볼까봐 장롱 속에다 꼭꼭 숨겨놓은 거 알아요? 지가 마음에 켕기는 게 많고 떳떳하지가 못하니까 그런 거 아냐? 쪼그만 게 비밀, 비밀, 비밀! 온통 비밀 천지야. 너, 왜 그랬어?"

"그냥, 창피하니까."

결국, 창피하다는 말을 하고 말았다. 언제나 이런 식의 대답을 하고 만다. 창피하다. 죄송하다. 이런 짓, 다시는 하지 않겠다, 같은 대답을. 할 수만 있다면 이런 식의 대답 말고 당당히 손을 뻗어서 식탁에 올려져 있는 저, 피 묻은 팬티를 엄마의 밉살스런 얼굴에다 집어던지고 싶다. 그러나 나는 그렇게 하지 못했다. 대신 고개를 떨어뜨린 채로, 밥공기에다 대고 뚝뚝, 눈물을 흘렸다.

"당신 왜요? 그만 드시게요? 그러세요. 세상에 나는, 빠르다 빠르다 해도 이렇게 빠른 애는 처음이야. 열네 살짜리가 어떻게 벌써 생리를 시작해? 어유, 기가 막혀. 이건 조숙한 게 아냐, 발랑 까진 거지."

구두주걱을 들고 서서 아빠가 나를 쳐다봤다. 저것으로 나를 두드려 팰 작정인가, 나는 두 눈을 질끈 감았다. 그러나 아무 일도 일어나지 않았다. 눈을 뜨고 다시 아빠를 바라봤을 때 아빠의 시선은 식탁 위 피 묻은 팬티에 고정되어 있었다. 아주 잠깐이지만 아빠의 무표정한 얼굴에 어떤, 감정이라고 불러도 좋을 떨림이 있었다. 그러고 나서 떨림이 지나간 뒤에 아빠는 나를 바라봤다.

쯧쯧.

혀 차는 소리가 들렸다. 그 순간, 나는 내가 구제불능의 탕아처럼 느껴졌다. 왜 여자 같은 걸로 태어나 더럽게 피나 흘리고 있는지, 나는 내가 수치스러웠다.

나를 때리는 것 대신 구두주걱을 원래의 용도로 사용해 구두를 신은 다음, 아빠는 평소처럼 뒤 한 번 돌아보는 법 없이 현관문을 열고 나갔다.

엄마는 밥 한 공기를 다 비웠다. 엄마와 나 사이에는 나의 생리혈이 묻은 팬티가 여전히 불결한 모습 그대로 놓여 있었다. 밥을 씹다 말고 엄마는 간간이 나의 팬티를 노려보았고 그때마다 나는 눈을 내리깔았다.

자, 네가 한 짓거리를 봐라!

피 묻은 팬티는 불결해 보였다. 그러나 그것은 나의 몸속에서 흘러나온 것이 분명했다. 밥을 씹다 말고 나는 또다시 눈물을 흘리고 말았다.

엄마의 입에서 쯧쯧, 혀 차는 소리가 새어 나왔다.

그날, 나는 학교에 가지 않았다. 준비물을 사지 못했기 때문이다. 가정 시간에 블라우스를 만든다고 했다. 줄자와 초크와 눈금자를 사야 했다. 그렇지만 준비물을 살 돈이 없었다. 그날 아침 같은 경우에는 차비도 달랠 수가 없었다.

자, 네가 한 짓거리를 봐라!

준비물 없이 수업에 들어갔다가 칠판 앞에 손들고 서 있거나 종아리를 맞으며 또다시 나를 향해 혀 차는 소리를 듣는다면 도저히 견딜 수 없을 것 같았다.

밤늦도록 의정부 시내를 배회했다. 그 당시 우리는 의정부에 살고 있었다. 아직 비행청소년이 아니었던 내가 갈 수 있는 곳은 거의 없었다. 이른 봄이었고 밤이 되자 추웠다. 역전 근처의 만화방에 들어갔다. 시간은 벌써 9시가 넘어 있었다. 여자라고는 한 명도 없었다. 워커를 신은 군인들, 술 냄새를 풍기며 졸고 있는 아저씨들, 남자들의 얼굴은 하나같이 험상궂었다. 험상궂은 얼굴들이 내게서 시선을 떼지 않았다. 오줌이 마려웠지만 화장실에 갈 엄두는 나지 않았다. 만약 이대로 화장실에 간다면 분명히 강간을 당하고 말 거야!

결국 한 시간도 버티지 못하고 나왔다. 만화방의 좁고 냄새나는 층계를 숨도 쉬지 않고 뛰어 내려왔다. 술 취한 아저씨가 쫓아와 뒷덜미를 잡아챌 것만 같았다. 공원 화장실에 가서 바지를 내렸을 때는 벌써 얼마쯤 오줌을 지리고 난 뒤였다.

배가 고팠다. 밤 11시가 다 되어가고 있었다. 추위와 배고픔을 이기지 못해 집으로 돌아간다면 나는 최악의 저질이다! 하지만 어느새 나는 집을 향해 걷고 있었다. 그렇게 집으로 걸어가다가 다시 되돌아서기를 몇 번인가 반복한 뒤에 구멍가게로 들어갔다. 주머니 속에는 백 원짜리 동전 한 개가 들어 있을 뿐이었다.

주인은 귀퉁이의 한 평도 안 되는 방에 들어앉아 텔레비전을 보고 있었다. 양반다리를 하고 앉아 있었고 발바닥이 보였다. 회색 양말을 신고 있었는데 쳐다보기 민망할 정도로 더러웠다. 까맣게 때가 낀 자리에 발바닥의 지문이 그대로 다 드러나 있었다.

뿌옇게 김이 솟아오르고 있는 호빵들. 반으로 쪼개면 그 속에 달콤한 앙꼬가 하나 가득…… 참 먹음직스럽다. 입 안 가득 침이 고였다. 참지 말고 나를 먹어요, 호빵의 유혹. 참을 수 없을 정도였다. 주머니에 손을 넣었다. 백 원짜리 동전 한 개, 그 금속성의 차가운 촉감에 나는 치를 떨었다.

주인을 쳐다봤다. 여전히 텔레비전을 보며 낄낄거리고 있다. 자, 이제 찜통의 뚜껑을 열기만 하면 된다고! 어서!

속이 쓰렸다. 신물이 넘어왔다. 세상에 호빵을 훔치려고 했다니!

이런 식은…… 천박하다. 나는 거지가 아냐!

메슥거림이 점점 심해졌다. 주인 남자의 발바닥이 보였다. 더러운 발바닥을 뚫어지게 쳐다보고 있는 내 모습을 용서할 수 없었다.

그날 나는 그 허름한 구멍가게에서 호빵 대신 허기를 달래는 데는 아무 쓸모도 없는 풍선껌을 훔쳤다. 배고픔은 여전했지만 주머니 속에 들어 있는 한 통의 풍선껌을 만지작거릴 때마다 손바닥을 타고 짜릿한 전율이 전해져왔다. 추위와 배고픔에 떨면서도 나는 그 생생하고 이상한 쾌감을 놓치지 않으려고 밤이 이슥하도록 동네를 배회하고 다녔다. 내 생애 최초의 좌회전이었다.

우리들은 평상시에는 입지도 못할 야시시한 옷을 사기 위해 시장에 가고 있었다.

링크

피겨와 피겨를 연결해주는 고리와 같은 역할을 한다. 호흡을 조절한다든가 템포를 느린 템포로 바꾼다든가, 약간의 휴식을 취하듯이 하면서 춤을 출 때 사용하는 피겨다. 링크link라는 단어의 의미 그대로 중간에서의 역할이 중요하다.

정자 씨와 파리 할머니

일주일이 훌쩍 지나갔다. 라틴댄스를 시작한 뒤로 시간의 단위는 일주일이 됐다. 금요일, 그리고 다시 금요일로. 금요일과 금요일 사이의 토, 일, 월, 화, 수, 목은 낮도 아니고 밤도 아니고 시간도 아니다. 그것들은 그저 징검다리다. 이번 주의 금요일과 다음 주의 금요일을 연결해주는.

강에 놓인 징검다리의 진정한 의미는 이쪽과 저쪽을 연결해주는 데 있다. 물론, 징검다리 위에 앉아 강물을 들여다본다거나 하는 일로 소일을 하는 경우도 있겠지만 그러나 그런 경우에도 결국 징검다리라는 것은 건너기 위한 것이다. 징검다리는, 그저 사뿐히 밟고 지나가면 그것으로 족하다.

금요일을 제외한 토, 일, 월, 화, 수, 목이라고 하는 징검다리를 사뿐히 밟고서 나는 다시 금요일로 훌쩍 뛰어 넘어왔다. 더이상 무료한 하루하루를 애써 견디지 않아도 된다.

오늘 드디어, 웬만해선 바뀌지 않을 것 같던 철의 전선에 이상

(?)이 생겼다. 나비 바로 뒤, 맨 첫줄에 서 있긴 했지만 그래도 왠지 자신 없어 보이던 파리 할머니, 그녀가 드디어 반장을 제치고 첫줄의 중앙에 섰다.

나 어때?

거울 속에서 나와 눈이 마주친 파리 할머니의 의기양양한 표정. 하마터면 큰 소리로 웃을 뻔했다.

최고예요!

파리 할머니를 향해 나는 엄지를 들어 보였다.

뭘 이 정도를 가지고 그래, 민망한 척 고개를 까딱해 보였지만 그래도 여전히 파리 할머니의 표정은 의기양양하다. 그녀를 의기양양하게 만든 드레스는 다름 아닌 지난주에 이태원에서 찾아낸 바로 그 옷이다. 오늘, 바로 이 짧은 순간을 위해 파리 할머니는 말 그대로 발이 부르트도록 남대문을 뒤지고 다녔다.

그리고 이번에는 정자 씨다. 별 볼일 없어 보이던 정자 씨도 드디어 네번째 줄에서 두번째 줄로 자리 이동을 했다. 정자 씨의 경우에도 물론 옷의 힘이다. 과연 이 옷을 입을 수 있을까, 고개를 가로젓게 했던 문제의 드레스를 버젓이 입고 나타난 정자 씨, 지금 그녀의 볼을 빨갛게 물들인 저 감정은 부끄러움일까? 그보다는 오히려 남들의 시선이 집중되고 있다는 사실에 흥분하고 있는 것 같다.

수업시간 내내 뚱여사는 정자 씨의 드레스를 노려봤다. 간혹 입술을 삐죽거리기도 했다. 그럴 때의 뚱여사의 표정은 어떻게 이런 옷을 입고 나왔어? 였지만, 정자 씨의 드레스를 바라보는 뚱여사의 속마음, 누가 봐도 뻔했다.

별 볼일 없다고 생각했었는데 몸에 짝 달라붙는 드레스를 입고 보니까 정자 씨도 은근히 날씬했다. 뚱여사, 속으로 상심하고 있는 기색이 역력했다.

나? 나는 오늘도 여전히 네번째 줄에 섰다. 나에게는 그런 드레스가 없으니까. 옛날 이야기에서나 들려주는 사탕발림은 현실에서는 통하지 않는다.

남대문을 뒤지고 다녔지만 드레스를 살 수는 없었다. 예상 밖으로 비쌌다. 끽해야 일이만 원이면 충분하겠지, 생각했는데 그 돈으로는 벨트 하나도 장만할 수 없었다. 환상의 충족, 돈이 전제조건이었다.

"나를 막 드러내세요. 더 늦기 전에! 시간은 너무너무 빨리 지나가요. 나는 뚱뚱해, 나는 못생겼어, 내 다리는 코끼리 다리야, 이래서 안 되고 저래서 안 되고. 그러다 보면 죽을 때까지 예쁜 옷은 한 번도 못 입어요. 만날 고무줄 바지만 입다가 죽는 거야!

그럼 죽을 때 너무 억울할 것 같지 않아요? 약 오르고 분하잖아. 그냥 막 드러내! 입고 싶은 옷은 그냥 과감하게 입어보세요. 코끼리 다리면 어떠냐, 엉덩이가 배로 나왔으면 어떠냐, 한번 용기를 내보세요. 그래야 살도 빠지고 예뻐져요. 고무줄 바지만 입고 다니면 이건 죽어도 살 안 빠져. 여기, 이분 얼마나 멋져요? 우리가 매일 이런 옷을 입을 수는 없지만 오늘 하루, 이 한 시간만이라도 자유로워지세요. 자, 그럼 자유롭게 날아봐요. 아름답게! 예쁘게!"

나비의 마술에 걸린 여자들, 별 볼일 없는 여자들이 가슴을 내민다. 허리를 곧게 편다. 턱을 꼿꼿이 세우고 거울을, 거울 속의 제 모습을 바라본다. 이제 허리에 두 손을 가져다 대고 스스로에게 주문을 건다.

나는 아름답다.

나는 당당하다.

여자들의 눈 속에서 점화되는 어떤 불길. 불꽃이 여자들의 얼굴을 상기시킨다.

몸을 한 바퀴 돌릴 때마다 파리 할머니의 드레스 자락이 접시처럼 동그란 원을 그리며 활짝 펼쳐진다. 몸의 굴곡을 있는 그대

로 보여주는 드레스를 입고서 춤추는 정자 씨, 그녀의 얼굴에 가
끔씩 놀라움이 스쳐 지나간다. 제 몸을 제가 처음으로 보는 사람
의 눈빛이다. 아마도 여기 서 있는 여자들 대부분이 그럴 것이
다. 어쩌면 모두들, 제 몸이 이루는 굴곡이 어떤 것인지 제대로
들여다봐야겠다는 생각조차도 해보지 않았으리라.

우리들은 어쩌면 마음을 들여다봐라, 진정한 아름다움은 내면
의 아름다움이다, 요조숙녀, 현모양처 등등의 말에 짓눌려 살아
온 것인지도 모르겠다.

육십이 넘은 나이에도 초미니스커트를 입고 나와 빙글빙글
회전을 하고 있는 반장. 죽어서야 시간이 빠르게 지나갈까, 언제
나 한숨을 쉬며 오늘은 어떻게 시간을 때우나 고민하는 파리 할
머니. 손수건을 연신 이마에 가져다 대며 가쁜 숨을 몰아쉬면서
도 빠지지 않고 나오는 둘째 줄의 덕심이 할머니까지, 모두들 그
나이에 라틴댄스를 배워봤자 쓸모라고는 없다. 그런데도 이 늙
은 여자들이 저 나이에 하필이면 라틴댄스를 배우는 이유는 무
엇일까?

왼손은 상대의 어깨에 올려놓고, 오른손은 상대의 손을 잡고,
지금 그렇게 내 앞에 어떤 남자 혹은 연인이 있다고 상상하며 허
공에 두 팔을 내밀고 있는 여자들. 그녀들이 내민 두 팔이 만들

어내는 공간만큼 딱 그만큼의 크기만큼만 그녀들에게로 되돌아오는 자유. 그것은 우스울 만큼 현실감이 없다. 그래도 지금 이 순간만큼은 현실이 되어 나타나는 자유의 방종함!

진여사의 허리가, 뚱보의 커다란 엉덩이가, 파리 할머니의 빈약한 가슴이 사정없이 흔들린다.

가능하면 섹시하게! 이왕이면 요염하게!

꼿꼿하게만 멈춰 있던 허리여, 짓눌려 있던 엉덩이여, 브래지어 속에 갇혀 숨도 못 쉬던 가슴이여, 맘껏 움직여라, 흔들려라, 눈치 보지 말고 더 더 부르르 떨어라!

여자들의 이마에 송송, 땀방울이 맺혔다. 표정 없던 얼굴들이 잘 익은 사과 빛깔로 변했다. 그러나 아쉽게도 시계는 벌써 오전 11시 30분을 가리키고 있다.

수업이 끝나자 정자 씨는 교실 뒤쪽으로 급히 뛰어갔다. 그녀 또래의 아줌마들이 흔히 입는 누비점퍼를 걸치고 교실 밖으로 달려 나가는 정자 씨의 뒷모습, 좀 전의 요염하던 모습은 온데간데없다. 제자리로 돌아가 다시 별 볼일 없는 아줌마가 되었다.

그렇다. 다들, 다시 일상으로 돌아가야 하는 것이다.

"다음 주에 봐요!"

교실 문 밖, 엘리베이터 앞에 서서 정자 씨가 손을 흔들었다.

정자 씨를 향해 나도 손을 흔들어주었다. 힘차게.

그래요. 다음 주에 다시 봐요.

맥이 빠지긴 했지만 그래도 한결 든든한 기분이다. 적어도 일주일에 한 번은 이런 휴식 시간을 가질 수 있으니까.

"소희 씨!"

파리 할머니가 내 손을 잡아끌었다.

"이거 입어봐."

파리 할머니가 종이 가방을 내밀었다.

"이게 뭔데요?"

"아니다, 아냐. 여긴 보는 눈이 많으니까 화장실로 가자."

결국, 화장실까지 끌려갔다. 거기까지 끌려간 이유는 까만 벨벳 치마였다.

"소희 씨, 입어."

파리 할머니의 눈빛, 다정했다.

나는, 울 뻔했다. 정말이지 나의 이 구제불능의 촌스러움.

"고……맙습니다."

나는 그렇게 아름다운 곡선을 그리며 퍼져나가는 치마는 처음 보았다.

까만 털고양이

까만 벨벳의 느낌, 낯설지만 익숙한 통증이다. 다정한 음성, 다정한 눈짓, 다정한 손짓……. 모든, 다정한 것들의 촉감을 닮아 있다. 마음 언저리에서부터 아려오는…….

손가락 끝에 묻어나는 벨벳의 촉감, 끈적거림이 온몸을 휘감는다. 아니, 끈끈하게 달라붙는 부드러움이다. 모든 부드러운 것들이 다 그렇듯이 마음을 탁, 풀어놓게 한다. 털퍼덕, 주저앉아버리고 싶게 만든다.

그렇지만 그런 뒤에는, 나는 어쩌지?

파리 할머니에게서 선물로 받은 벨벳 치마를 입으려고 집어들다 다시 내려놓았다. 혹시라도 내 몸이 이런 촉감에 익숙해지면 어쩌나, 망설여졌다. 소유할 수도 없는 것에 익숙해진다는 것은 때로는 고통이 되기도 한다는 걸, 이미 나는 알고 있다. 충분히 경험했다.

다시 벨벳 치마를 집어들었다. 이제 입을 벌리고 있는 종이봉투 속에 쑤셔 넣고 어딘가 내 시선이, 나의 손길이 미치지 않는 곳에 처박아두면 된다. 그래, 그러면 되는 거다. 그걸로 끝이다.

잡아먹을 것 같은 눈빛으로 벨벳 치마를 노려본다. 까만 털의 고양이가 그런 나를 올려다본다. 눈빛이 사뭇 애처롭다. 그저 까맑기만 한 눈빛, 그런데도 너는 왜 이렇게 많은 이야기를 들려주고 있는 거니?

까만 벨벳 치마에 얼굴을 묻고 운다. 얼굴에 와 닿는 까만 털 고양이의 부드러운 살결. 눈물이 뚝뚝 떨어지는 얼굴을, 이 못난 얼굴을 막무가내로 비벼댄다. 그래도 여전히 부드럽기만 한 너를, 나는 도대체 뭐라고 불러야 하니?

방학이면 어김없이 할머니와 함께 지냈다.

"할머니! 왜 우리 집에는 안 오세요?"

내가 물으면 할머니는 언제나 딴 소리를 했다.

"내가 거길 왜 가? 너 시집가고 나면 나는 니네 집에 볼일이라고는 전혀 없는 사람이네요. 내가 너 하나도 키울 능력이 없어서……."

할머니는 언제나 입버릇처럼 그런 말을 하곤 했다. 그러면서도 내게는 얼른 시집가라, 얼른 떠나라, 뜻 모를 말만 했다. 어린 나는 영문을 몰라 눈만 깜빡거렸다. 그러면 할머니는 어이구, 내 새끼, 눈도 크기도 하지, 하면서 다시 울먹거리기 시작했다.

할머니는 왜 또 우는 걸까, 할머니의 우는 모습은 흡사 마녀와도 같았다. 등을 잔뜩 구부리고 앉아 쪼글쪼글한 손등으로 눈물을 훔쳐내던 할머니. 할머니의 물기 어린 눈이 나를 뚫어지게 바라볼 때면 서러워서 소름이 돋았다. 그래서 나는 할머니가 울면 "아유, 배고파!" 하며 얼른 일어나 주방으로 뛰어가곤 했다.

할머니네 주방에는 냉장고가 없었다. 냉장고 대신 찬장이 한 개 놓여 있었다. 찬장을 열면 말라비틀어진 콩나물무침이나 멸치를 넣고 볶은 쉰 김치가 접시째 그대로 들어 있었다. 시꺼먼 쇠파리가 그 위에 앉아 나를 노려봤다.

찬장 속에서 풍겨 나오던 쉰 김치 냄새하며 엄지손톱만 한 쇠파리의 붕붕대는 날갯짓 소리가 할머니의 울먹거림과 겹치고, 그러면 나는 이유도 없이 슬퍼졌다. 찬장에 얼굴을 처박고 울었다. 울음소리가 새어 나갈까봐 목에 자국이 생길 만큼 찬장 문을 꼭 여민 채로 한참을 그렇게 서 있다보면 정신이 몽롱해졌다. 쉰 김치 냄새와 쇠파리만 가득한 세상, 이것이 바로 내게 허락된 세상의 풍경이다. 설움이 북받쳐 올라왔다.

"거기서 뭐 해? 뒤져봤자 신통한 거라고는 하나도 없는데."

안방에서 들려오는 할머니의 음성. 그러면 나는 할머니의 음성을 신호로 언제 그랬냐는 듯이 급히 찬장 문을 닫았다.

나는 어린 계집아이야. 내 또래의 애들처럼 쾌활해야지.

하루 종일 할머니 곁을 맴돌며 쾌활한 계집아이를 연기했지만 그래도 나는 알고 있었다. 두꺼운 안면근육 속에 숨겨져 있는 나의 속살, 그 여린 내피에는 쉰 김치 냄새와 시꺼먼 쇠파리의 붕붕대는 날갯짓 소리가 여전히 달라붙어 있을 거라는 사실을.

밤이 되어 할머니가 깔아준 요 위에 누우면 할머니는 내가 잠들 때까지 머리를 쓰다듬어주었다. 그때 그 할머니의 손길, 목이 메일 만큼 부드럽던 촉감. 그럴 때면 나는 나를 바라봐주던 할머니의 다정한 눈빛, 다정한 음성, 다정한 손길, 그 모든 다정함에 모든 부드러운 것들이 다 그렇듯이 마음을 탁, 풀어놓고 싶어졌다. 할머니 품 안에서 철퍼덕, 주저앉아 마음의 응어리가 풀릴 때까지 언제까지고 울고 싶었다.

"늙은이 냄새 나."

할머니의 품속으로 뛰어들어 울음을 터트리는 대신 오히려 나는 매몰차게 등을 돌리고 누웠다. 할머니에게로 향하는 마음을 날이 시퍼렇게 선 칼로 싹둑 베어버리기 위해 얼마나 안간힘을 썼는지 모른다. 그래야 하니까. 할머니의 쪼글쪼글한 얼굴이 내게 해줄 수 있는 거라고는 없으니까. 쓸모없는 다정함 따위가 변화시킬 수 있는 게 대체 뭐지? 그게 현실이야, 질끈 눈을 감아버렸다.

그러나 그렇다고 해도 내 눈에서 흘러나온 눈물이 속눈썹을 적셨다. 내가 흘린 눈물을 죄다 받아 마시고 나 대신 제 몸을 적시던, 평상시에는 할머니의 머리를 받쳐주었을, 그러나 그 순간에는 나의 머리를 받쳐주었던, 그 보드랍던 베개.

까만 벨벳 치마에 얼굴을 묻고 운다. 얼굴에 와 닿는 까만 털 고양이의 부드러운 살결. 눈물이 뚝뚝 떨어지는 얼굴을, 이 못난 얼굴을 막무가내로 비벼댄다. 언제인가 할머니네 집에서 내 눈물을 받아 마시고 나 대신 제 몸을 적시던 그 베개의 온기가 시간을 거슬러 올라온다. 그러고는 잊고 있었던 촉감을 불러일으킨다.

벨벳. 까만 털 고양이. 까만 고양이의 까만 눈빛. 나를 봐준 적이 없는 그 눈빛. 나의 할머니. 그녀도 이런 벨벳 치마를 입지 않았을까?

"여기까지만 해. 이소희, 이 절은 생략하라구!"

종이봉투 속에 벨벳 치마를 쑤셔 넣었다. 내가 생각해도 우악스러웠다. 그러나 살다보면 이렇게 하지 않으면 안 되는 순간들이 있다.

마음이 대책도 없이 어딘가로 향할 때…… 날이 시퍼렇게 선 칼로 싹둑, 그 마음을 베어버리기, 절대로 필요한 기술이다. 특히 내가 어떤 가정의, 어떤 가족의 일원이었을 때는 더더군다나.

종이봉투를 흔들며 화장실로 올라갔다. 집 안에 있는 화장실 말고 옥상으로 통하는 계단 중간에 있는 화장실로.

화장실

내가 끝끝내 이 집을 고집했던 이유는 이 화장실 때문이다. 옛날 단독주택들의 구조가 다 그렇듯이 이 집에도 옥상이 있고 옥상으로 올라가는 계단 중간에 화장실이 있다.

물론 태후 씨는 군인 아파트로 들어가자고 고집했지만. 우리는 격렬하게 싸웠다. 그렇게 격렬한 말다툼은 그때가 처음이자 마지막이었다. 평상시에는 몇 마디의 설교로도 꼬리를 내리는 쪽은 언제나 나니까.

"절대로, 절대로야!"

내가 비명과도 같은 고함을 내질렀을 때 김태후라는 남자, 흠칫 놀라는 기색이었다. 그러고는 이 집에 전세 드는 것에 순순히 동의했다. 의외였지만 조금만 생각해보면 놀랄 일은 아니다. 왜냐고? 그거야 물론 태후 씨가 나보다 계산이 빠르기 때문이지. 이 집은 주변의 같은 평수의 아파트 전세 값의 삼분의 일도 되지 않았다. 열여덟 평도 안 되는 군인 아파트에서 상관의 눈치까지 보며 빌빌 기면서 사는 것보다야 낫다는 계산, 태후 씨는 얼른 계약서에 사인을 했다.

　그리하여 지금 나는 화장실에서 담배를 피우고 있다. 하나―
두울― 세엣― 천천히, 깊게, 숨을 들이마신다. 폐부 깊숙이 빨
려 들어오는 담배 연기.

　아! 이, 첫 모금의 맛!

　변기 위에 앉아 한 개비의 담배가 다 타들어갈 때까지, 내 몸
에 담배 한 개비 크기의 여유가 넘실대는 동안에만 비로소 나는
진정한 휴식을 취한다. 비록 우스울 정도로 짧은 순간이지만.

　두 개비째의 담배에 불을 붙이며 친구, 혜선을 생각한다. 혜선
과 나는 중학교 때부터 단짝 친구였다. 여고에 진학한 뒤로 나는
몇 번 가출을 했고 그때마다 혜선과 함께였다. 혜선에게는 딱히
가출을 할 만한 이유가 없었다. 만약에 이유가 있다고 하면 아마
도 담배 때문이었을 것이다.

　여고 시절에 혜선은 벌써 골초였다. 나는 그 골초에게 담배를
배웠다. 혜선이 이 사이로 담배 연기를 길게 쭈욱― 내뿜는 것을
보면 부러웠다. 나는 언제쯤이면 저렇게 속담배를 잘 피울 수 있
게 될까, 탈선을 하는 것도 웬만한 노력으로는 되지 않는다는 것
을 그때, 처음 알았다. 겉담배에서 속담배로 넘어가기 위해 연습
용으로 태웠던 그 수많은 담배들. 각고의 노력 끝에 드디어 이

사이로 담배 연기가 일직선을 그리며 뿜어져 나왔을 때, 그때 나는 얼마나 기뻤던가! 짝짝짝, 혜선의 그 박수 소리는 또 얼마나 경쾌했던가!

혜선을 마지막으로 만난 건 결혼식을 올리기 직전의 어느 봄날이었다. 결혼과 동시에 나는 혜선과 연락을 끊었다. 나의 비행에 관한 한 누구보다도 잘 알고 있는 인물이니까.

"이혼, 왜 했는데?"

혜선의 이혼, 나는 예감하고 있었다. 혜선의 대답 또한.

"담배 때문에."

혹시나 했는데 역시나였다.

"들키면 어쩌나, 환기팬 틀어놓고 가스레인지에다 똥배 짝 붙이고 몰래 뻐끔뻐끔! 초인종이라도 울려봐, 이건 심장이 아니라 간까지 그대로 쿵! 나, 계속 그렇게 살았으면 결국엔 심장마비로 죽었을 거야. 니 남편은 어떠니? 너 담배 피우는 거 알고 있어?"

"미쳤니, 그런 걸 얘기하게. 이실직고할 게 따로 있지. 나랑은 완전히 다른 과야."

"고생이 심하겠구나."

그럼 결혼하기 전이라도 실컷 피우려무나, 혜선은 연신 담배에 불을 붙여 내게 건네줬다.

기특한 것.

"이혼하고 제일 행복했던 순간이 언제였던 줄 알아? 거실 소파에 탁, 드러누워서 천장에다 대고 연기 내뿜었을 때야. 아― 그때 그 맛! 너 그거 알아?"

"뭘?"

"벌한테 가장 중요한 게 뭔지 말야."

"갑자기 그게 무슨 소리니?"

"내 말 들어봐. 벌꿀을 조금 떼어내서 집 근처에 놓아두면 일벌들이 무리 지어 날아와서는 꿀을 흡입한대. 이때 무리 중의 몇 마리를 막대기로 눌러서 죽여보면, 동료 일벌들은 이 갑작스런 재난에 아무런 반응도 나타내지 않는다는 거야. 오히려 죽은 동료의 복부에서 흘러나온 꿀을 맛있게 냠냠 흡입하고 최대한 배를 채운 뒤 자기들 집으로 돌아가버린다는 거지. 꿀을 흡입하는 것에만 최대의 관심을 보일 뿐이래. 그런데 일벌들이 사는 집에서 죽이면 달라. 동료 일벌들이 일제히 날개를 펴고 독특한 날개음을 발산하면서 무서운 속도로 공격해 온다는 거야.

집 안과 집 밖에서의 일벌의 태도가 이렇게 전혀 달라. 이건 말이지, 꿀벌들이 집이라고 하는 것을 하나의 생명체로 느끼고 있고, 집 그 자체가 이들의 생활 영역이라는 걸 의미하는 거지.

이 영역을 보호하기 위해서라면 무슨 짓이든 할 수 있는 거야. 인간인 우리들과 너무 똑같지 않아? 소희 너, 정말 결혼이라는 걸 할 셈이야? 집이라는 거, 가족이라는 거 너무 끔찍하지 않니?"

세 개비째의 담배에 불을 붙이며 희영을 떠올린다. 희영은 대학동기였다. 우리 과 수석이었고 우리 단과대학에서 제일 예뻤다. 희영이 때문에 생긴 유행어가 희돌이였다. 희영을 맹목적으로 쫓아다니던 희돌이들만 해도 몇 십 명에 달했다. 그러나 정작 희영이가 선택한 남자친구는 정말로 별 볼일 없는 남자였다. 희영의 남자친구는 학교 앞 당구장 주인이었다. 학벌도 대학 중퇴였다.

"왜냐구? 결혼해서도 맞담배 피울 수 있는 남자니까. 웬만한 남자가 이런 거 이해하겠니?"

쟁쟁한 남자들을 모두 마다하고 희영이 당구장 주인을 선택한 이유, 역시 담배였다. 그리고 희영은 그때 그 당구장 주인과 결혼했다. 아마도, 아니 분명히, 아들딸 낳고 지금도 남편과 맞담배를 피우며 잘살고 있으리라. 얄미운 년.

찬과 결혼했다면 어땠을까? 맞담배까지는 아니라고 해도 이렇게 몰래 담배를 피우고 있지는 않겠지. 과연 그랬을까? 사실은, 자신 없다.

"결혼하면 아기를 낳아야 되잖아. 끊으라고는 안 할게. 그렇지만 난 네가 담배 많이 피우는 건 싫어. 네가 나보다 일찍 죽으면 어떡하냐? 난 너랑 오래오래 같이 살고 싶다고."

한 자리에서 세 개비 이상을 피우려고 하면 찬은 언제나 그렇게 나의 건강을 염려했다. 그러면 나는, 너랑 오래오래 같이 살고 싶다는 찬의 말에 감동해 서둘러 담배를 비벼 껐다. 찬과 결혼했다면…… 어쩌면 몰래 담배를 피우는 것까지도 포기해야 했을지도 모른다. 사랑하니까, 분명히 어마어마한 죄의식에 시달렸을 테니까.

갑자기, 담배가 맛없어졌다.

담배를 피우고 나서 꽁초 같은 건 아무 데나 버리고 싶다. 바닥에 내던진 다음, 인정사정 볼 것 없이 발로 비벼서 꺼버리면 참 좋겠다. 속이 다 시원할 것 같은데. 그러나 잊지 말자, 몰래라도 피우려면 그런 무모한 짓거리를 해서는 안 된다는 걸.

평소에 하던 대로 담뱃불을 껐다. 그 일은 이런 순서로 진행된다.

1. 아직 불이 붙어 있는 담배꽁초의 대가리를 변기 물에 살짝 담근다.

2. 변기에 담갔던 담배를 다시 꺼낸다.

3. 담뱃불이 확실히 꺼졌는지 다시 한 번 세심하게 확인한다.

4. 미리 준비해 온 신문지에 꽁초를 잘 싼다.

5. 꽁초가 든 신문지를 한 번 더 신문지로 싸서 주머니에 집어넣는다.

6. 가능한 한 집에서 멀리 떨어진 곳에 있는 휴지통에 갖다 버린다.

완전한 뒤처리, 가장 중요한 필수 조건이다.

한꺼번에 세 대나 피웠더니 머리가 어지럽다. 이럴 때, 굉장히 짜증이 난다. 나는 왜 내 집에서 거실 소파에 편안히 앉아 음미하듯이 담배를 천천히 피울 수 없는 걸까? 그렇게 살고 있는 년들이 무지무지 부럽다.

그러나 과연 그렇게 살고 있는 년들은 어떤 여자들인가? 내가 알기로는 딱 두 부류다. 놀고 싶은 대로 놀다가 술집이나 룸살롱 뭐 그런 곳으로 빠진 서비스업 종사자거나 아니면 대학교수라든가 변호사 같은 전문직 여성. 그렇지 않은데도 남편이나 시댁 식구들의 눈총에도 아랑곳하지 않고 맞담배를 피울 수 있는 여자는…… 간이 부었거나 갑부 딸이겠지. 어느 경우에도 나하고는 상관없는 얘기군, 별 수 없이 나는 또 깨갱, 이다.

신문지에 싼 꽁초를 주머니에 집어넣고 난 뒤에 화장실 선반 위에서 상자를 내렸다. 상자 뚜껑 위에 먼지가 하얗게 쌓여 있다. 훅— 불면 하얀 먼지들이 그대로 내게 달려들 것 같다. 너무 오래 버려놨었구나, 시간의 경과를 느낄 수 있었다.

매번 상자의 뚜껑을 열 때면 심호흡을 하게 된다. 나를, 나의 지나간 시간들을, 감춰야 했던 이야기들을 만나는 순간. 통증이 동반되곤 하지만 다락 속에 숨겨둔 보물상자의 뚜껑을 여는 것과도 같은 설렘을 경험한다.

상자의 뚜껑을 열었다.

앙증맞은 모조 진주 귀걸이 한 쌍. 열다섯의 여름, 동네 문방구에서 훔쳤다. 그날 내 허벅지는 피투성이가 됐었다. 전날 밤, 엄마는 내 또래의 아이들 같지 않게 눈치가 빠르다는 이유로 내게 회초리를 들었다. 엄마의 매는 늘 그랬듯이 살이 찢어질 듯 아팠지만 나는 울음소리가 새어 나갈까봐 입술을 깨물었다. 나의 그런 행동이 엄마를 더욱 화나게 했다. 구렁이 새끼처럼 음흉한 것! 예상했던 소리였다. 신기할 것도 서운할 것도 없었다. 그런데도 나는 늘 그렇듯이 마음이 아팠다. 나를 바라보는 엄마의 눈초리가 매서워질 때면 느껴지던 서러움. 그것은 느슨해지거나 무디어지는 법이 없었다.

살짝 매듭을 풀기만 하면 그대로 스르르 벗겨지는 분홍색 망사 팬티. 열일곱의 겨울, 수입상가 속옷 코너에서 훔쳤다. 그 전날 오후, 엄마에게 멱살을 잡히다시피 하며 산부인과로 끌려갔다. 가출 뒤 삼 일 만에 붙잡혔고 삼 일간의 가출의 대가로 산부인과에 끌려갔다. 그곳에서 임신검사를 받았다.

내가 훔친 것들은 예전의 나에게도 지금의 나에게도 하나같이 소용없는 것들뿐이다. 이것들을 왜 훔쳤냐고 누가 물어본다면 나는, 뭐라고 대답할 수 있을까? 정작은 진주 귀걸이를 하고 망사 팬티를 입은 여자가 되고 싶었다고? 확실히는 나도 잘 모르겠다. 중요한 건, 그때마다 나는 내가 아닌 '나', 여기 살고 있는 '나'가 아니라 여기 아닌 다른 저기에서 살고 있는 '나'가 되고 싶었다는 거다.

반짝거리는 큐빅이 세 개 나란히 박혀 있는 14K 금반지. 스무 살의 봄, 찬이 끼워주었던 반지다. 이 상자 속에 훔치지 않은 물건은 이 반지가 유일하다. 손가락 사이에 이 반지를 끼고 있던 날들만큼은 그럴 수 있었다. 여기 살고 있는 내가 아니라 여기 아닌 다른 저기에서 살고 있는 '나'.

한 장의 사진. 찬의 하얀 이 사이로 미소가 번져나오고 있다. 사진 속의 찬은 내 생애 정점에 기대어 서 있다. 내 생애 처음 타인의 숨결을, 타인의 체취를 내가 소유한 그 무엇보다 갖고 싶어했던 그 기억 속에. 그 시간 속, 그 기억 속에 고스란히 남아 있다.

그래, 그런 날들이 있었던 거다.

찬이 닿았던 자리만큼 내 마음에는 뿌연 얼룩이 남아 있다. 지금까지도. 찬의 입술이, 찬의 살이, 찬의 마음이 와 닿은 만큼, 꼭 그만큼의 얼룩만 남아 있는 자리…… 반지를 손가락에 끼워본다. 이제는 맞지 않는다. 그 시절의 나는 없고 현실의 더께로 비대해진 나는 이제 이 반지의 주인이 아니다. 그래도 나는 이 반지를 간직할 것이다.

소중한 기억 하나쯤 가슴에 품은 채로 살아간다고 해서 죄를 짓는 것은 아니지 않는가?

파리 할머니에게서 받은 벨벳 치마를 상자 속에 넣었다. 내 몸이 이런 촉감에 익숙해지면 어쩌나, 망설이면서도 버리지 못하고 상자 속에 담아두는 심리…… 부정하고 있지만 그 이유, 사실은 뻔하다.

벨벳. 까만 고양이의 까만 눈빛. 나를 봐준 적이 없는 그 눈빛. 할머니…… 어쩌면 할머니의 기억 속에서 환하게 웃고 있는 그녀 자신은 이런 벨벳 치마를 입은 여자가 아니었을까?

사실은 나는 지워버리고 싶은 거다. 쉰 김치 냄새와 시꺼먼 쇠파리의 붕붕대는 날갯짓 소리 한가운데 등을 구부리고 앉아 쪼글쪼글한 손등으로 눈물을 훔쳐내는 늙은 여자의 모습을.

그리고 나는, 보고 싶은 거다. 한 아이의 엄마가 된 지금도. 늙은 여자의 눈물 뒤로 물러나버린, 젊음의 광택과 자유의 유연함을.

나의 가장 여린 부분, 내 안에 아직도 굳은살이 박이지 않은 부분. 쿡쿡, 바늘 끝으로 찔린 듯이 가슴의 통증이 심해진다. 금세 또 눈물이 나려고 한다.

"이소희! 이 절은 생략하라고 했잖아! 너, 왜 이렇게 촌스럽니?"

상자의 뚜껑을 닫았다. 원래대로 선반 위에 올려놨다. 담배와 라이터가 들어 있는 편지 봉투를 상자 밑에 숨겼다. 이제 담배 냄새가 빠져나가게 창문만 살짝 열어놓고 나가면 된다.

화장실에서 나갈 때면 들어올 때와는 전혀 다른 기분이 된다. 몸이 가벼워진 느낌이다. 몸속에 숙변이 가득 들어차 있는 사람의 방귀 냄새는 그렇지 않은 사람과 비교도 할 수 없이 구리다. 그런 지독한 방귀를 뀌지 않으려면 이렇게 가끔 몸 밖으로 마음의 숙변을 배설해줘야만 한다.

Whip throwaway

라틴 크로스로 스텝을 밟다가 그대로 자이브 샤세 오른발 왼발 오른발의 순서로 옆으로 나아간다.

오른쪽으로 강하게 돌면서 다시 앞으로 스텝을 밟으며 자이브 샤세 왼발 오른발 왼발의 순서로 옆으로 나아간다.

이때 왼발을 옆으로 내밀며 상대와 최대한 몸을 밀착시킨다.

그 상태로 자이브 샤세 스텝을 밟으며 상대와 함께 회전해서 나아가는 동작이다.

이때, 상대와 몸을 밀착시켜서 같이 진행해나가야 한다는 사실을 잊지 말아야 한다.

문화센터 휴게실의 오전 10시에는 '브람스'가 흐른다

"커피 드실래요?"

노처녀로 보이는 여자다. 오늘 그녀의 스타킹은 카키색이다. 지지난 주에는 가지색 스타킹을 신고 왔던 그녀, 대단한 미적 센스다. 목소리까지도 색깔이 있는 여자다.

뭐 한 잔 뽑아준다면 굳이 거절할 것까지야 없죠, 삐딱하게 고개를 끄덕거리는 나. 누가 봐도 배알이 뒤틀려 있다는 걸 알 수 있는 표정이다.

"매번 뒤쪽에만 서 계시던데 한번쯤은 자리를 바꿔보세요."

"저야 뭐 춤도 못 추는데……."

그래, 너는 맨 앞줄에 선다 이거지? 자꾸만 뒤틀리는 심사, 오늘따라 커피가 왜 이렇게 맛없지? 뚱보나 왔으면 좋겠다.

"애가 무척 어린가봐요? 저도 우리 애가 그만할 때 꾸미는 건 생각도 못 했어요."

의외의 말에 눈이 번쩍 뜨였다. 별의별 색깔의 스타킹을 옷 색깔에 맞춰 신고 나오는 이 여자가 사실은 애 엄마였다는 걸 알자마자 내 안면근육의 주름들이 황급히 그 표정을 달리한다.

노처녀가 아닌 애 엄마는 한껏 우아한 표정으로 창밖의 풍경을 음미하고 있다.

실은 너도, 아침이면 퉁퉁 부은 얼굴로 무뚝뚝한 남편의 양말을 챙겨주는구나? 그 뒤엔 칭얼대는 애를 달래서 유치원에 보내고? 그리고 지금 여기 앉아서는 내가 언제 그랬냐는 듯이 시치미 뚝 떼고 엉큼스럽게 앉아 있는 거니?

쿡쿡, 웃음이 터져나오고 맛없던 커피가 갑자기 달다.

"어머어머, 자기 구두 진짜 예쁘다! 여기서 맞춘 거니? 우리 선생님도 이런 디자인을 신으면 더 예쁠 텐데. 지난주에 신고 오신 건 별로야."

어느새 나타난 뚱여사. 뚱여사의 미학 강의가 또 시작되려 하고 있다. 뚱여사는 제 몸뚱이가 어떤지, 남들에게 보이는 제 모습이 어떤지, 과연 알고 있는 걸까? 뚱여사는 이제까지 내가 보아왔던 그 어떤 뚱보보다도 뚱뚱하다. 그녀의 체중은 백이십 킬로그램도 훨씬 넘을 것 같다. 사실 처음 뚱여사를 봤을 땐 눈을 어디에다 두어야 할지 난감했다. 상식 이상으로 뚱뚱한 사람의 몸을 바라본다는 거, 처음엔 정말 쉽지 않았다. 뚱여사의 가슴이며 배에서 출렁거리는 살들은 아무렇지도 않게 바라보기에는 민망할 정도였다.

수업 첫날 뚱여사가 내게 건넨 첫마디는, 그래도 난 뚱뚱한 사람치고는 쿵쿵거리면서 뛰지는 않잖아, 였다. 나는 네에, 하며 뚱여사를 향해 고개를 끄덕거려주었다. 그 뒤로 뚱여사는 매번 수업이 끝나고 나면 자신이 얼마나 가볍게 춤출 수 있는지를 보여주려고 우회전이나 좌회전을 해 보이곤 했다. 뚱여사의 흔들리는 살들을 바라보고 있으면 괜스레 슬퍼졌다.

뚱여사는 입만 열었다 하면 누구 몸은 어떻고, 지난주에 누가 입고 온 옷은 어떻고, 누구 목걸이는 어떻고 하며 다른 사람들의 미적 심미안에 대해 끊임없이 신랄한 비판을 가한다.

"나, 미대 나왔잖아. 내가, 보기엔 이래도 보는 눈은 있지. 나, 하고 다니는 거 보면 모르겠어? 귀걸이 하나를 해도 예쁜 거 아니면 안 해."

네, 정말 그렇군요, 뚱보님. 뚱여사의 귀걸이를 유심히 봤다. 그러나 잘 보이지 않았다. 살에 파묻혀 모양조차 확인이 되지 않았다.

"어유, 저 할머니 오늘 모자는 또 왜 저래? 저런 걸 어떻게 돈 주고 사니?"

복도 끝에 파리 할머니의 모습이 나타나자마자 뚱여사가 흐흐흐, 이상한 웃음소리를 냈다. 그런 뚱여사를 바라보며 노처녀로 보이는 애 엄마와 나도 흐흐흐, 이상한 웃음소리를 냈다. 우리가 앉아 있는 테이블로 걸어오고 있는 파리 할머니와 손 큰 여자의 입에서도 흐흐흐, 이상한 웃음소리가 새어나오는 것처럼 보이는 이유는 뭘까?

"커피? 밀크? 아님 블랙?"

커피 자판기 앞에 서서 손 큰 여자가 물었다.

"밀크!"

파리 할머니의 대답, 손 큰 여자에게 뒤지지 않을 만큼 느끼했다.

"지난주에 또 빠졌지 뭐야. 사업상 일주일에 하루 시간 내는 것도 너무 힘들어. 새로운 거 많이 배웠어요?"

"오늘은 어떻게 시간이 났어요?"

내가 물었다.

"그게 사실은 나, 오늘도 부산에서 바로 온 거야. 비행기 타고 왔어. 사업 때문에. 오늘도 끝나면 비행기 타고 바로 내려가야 돼. 돈 많다고 하고 싶은 거 다 하면서 사는 거 아냐. 시간이 없어, 시간이. 나는 자기들이 너무 부럽다. 그래도 시간은 많을 거 아냐?"

손 큰 여자의 말에 파리 할머니의 표정이 험악해졌다. 파리 할머니는 정말로 돈은 없고 시간만 많기 때문이다.

"이거 어때? 너무 밋밋해서 레이스만 사다가 내가 직접 달았는데? 너무 튀나?"

파리 할머니가 얼른 화제를 바꿨다. 손 큰 여자의 의기양양한 꼴을 더 이상 못 봐주겠다는 듯이.

"뭐, 그럭저럭 괜찮네요."

파리 할머니가 직접 레이스를 달아 고쳤다는 형식 파괴적인 모자에 대한 뚱여사의 대답이었다.

하나 둘씩 여자들이 모여들기 시작한다. 삼백 원짜리 자판기 커피 한 잔씩을 뽑고서 테이블에 앉는다.

우리 딸들은 착하기만 해서 요즘 애들 같지가 않아요. 담배요? 담배는 무슨, 술 한 잔도 못 하는데.

인테리어를 새로 했는데 커튼을 비싼 걸로 맞춰서 그런지 단가가 많이 먹혔어요. 얼마나 들었냐구요? 그냥 뭐 조금.

쓴다고 쓰긴 했는데 이걸 시라고 내놓기가 좀 그래요. 제 시 한번 들어보실래요? 바다는 사랑이다. 내 사랑에는 바닷가의 소금기가 묻어 있다…….

여자들이 만들어내는 웅성거림. 명확한 소리라기보다는 웅얼웅얼, 하나로 뭉뚱그려져서 그저 중얼거림이 되고 마는 말들, 공중으로 흩어져버리는 말들을, 여자들이 쉼 없이 만들어내고 있다.

의자를 앞으로 끌어당기고 앉아 눈을 빛내며 무슨 말인가를 나누고 있는 저 여자들, 그녀들 대부분은 머리가 희끗희끗하고 그녀들이 앉아 있는 의자 앞 전면 창에는 고층 아파트들이 나란히 줄지어 서 있다. 침실에 딸린 욕실의 구조까지 똑같은 집에서 걸어나온 여자들이 똑같은 로고가 가슴에 새겨진 골프 웨어를 입고 앉아 똑같은 맛의 커피를 마신다.

외따로 앉아 있는 중년 여자가 하나, 창밖으로 보이는 고층 아파트들을 뚫어지게 바라보며 지갑에서 꺼낸 영수증들을 확인하고 있다. 전기세 고지서라도 찾고 있는 것일까? 여자는 눈에 힘을 잔뜩 주고 수북이 쌓인 영수증들을 뒤적이고 있다. 여자의 시선이 한 번 더 창밖의 아파트에 가서 멎는다. 가스밸브를 제대로 잠그고 나오지 않았는지, 그도 아니면 전기세 납부기일을 그만 넘기고 말았는지, 혀를 끌끌 찬다.

아줌마들의 머리 위로 똑같은 그림자를 만들고 있는 저 고층 아파트들 위로, 여자들의 웅성거림 위로 바이올린 선율이 흐른다. 이곳의 여점원들은 꼭 이런 음악을 틀어야 한다고 교육이라도 받는지 매번 고전음악이다.

"나는 이런 음악만 들어요."

어련하시겠습니까, 뚱여사님.

"커피 향하고 참 잘 어울리는 곡이죠?"

이런 말을 한 건 노처녀로 보이는 애 엄마다. 그녀는 커피 잔을 두 손으로 받쳐 들고 커피 향을 맡았다. 그러나 커피가 얼마 남지 않았는지 콧구멍을 벌름거리는 것이 보였다.

"브람스지?"

파리 할머니였다.

"그럴 거야. 이 노래, 나도 집에서 자주 들거든."

손 큰 여자가 고개를 끄덕거렸다.

그러나 우리들 머리 위에서 흐르고 있는 이 곡은 절대적으로 파가니니다. 이 곡이야말로 모르는 사람이 없을 정도로 유명한 드라마 〈모래시계〉의 주제곡이었으니까.

아직 첫 수업이 시작되기 전, 오전 10시의 문화센터 휴게실에는 그래서 오늘도 〈모래시계〉의 주제곡이 아니라 '브람스'가 흐른다.

제비나비 한 쌍

제비나비는 호랑나비과 제비나비속에 속하는 나비다. 몸통과 날개 표면이 모두 검은…… 그렇다고 해도 그 검은 빛깔은 한참을 바라봐도 지루하지 않다. 청남색과 진초록색의 비늘 가루가 조금 섞여 있는 앞날개……. 검은 날개의 그 독특한 아름다움.

제비나비 한 쌍이 날고 있다. 예로부터 칭송 받아온 그 아름다운 날개…… 제 몸에 날개가 돋았다는 사실을, 제 몸에 날개가 돋은 이유를 극명하게 자각하고 있는 나비들이, 제비나비 한 쌍이 숲에서 날아왔다.

"누구야?"

내가 물었다.

"우리 선생님 보조."

뚱여사가 내 귀에 속삭였다.

우리의 말소리가 들렸는지, 제비나비 한 쌍이 동시에 미소를 지었다. 나비들은 미소를 지을 때도 저렇게 아름다운 비늘 가루를 날리는 것일까? 나는, 순식간에 사로잡혀버렸다.

일체의 설명 없이 나비는 새로운, 나비보다 더 아름답고, 나비보다 더 젊은 나비 한 마리를 곁에서 날게 했다. 늘 맨 앞줄을 장악하고 있는 반장이나 그 외 몇몇의 여자들을 제외하고는 모두들 주눅이 들어버렸다. 나를 포함해서.

우리 같은 여자들은 나비라고 해봤자 배추흰나비 정도만 보아왔던 것이다. 봄부터 가을까지 동네 어디에서건 흔하게 볼 수 있는 그 배추흰나비 말이다. 무나 배추 따위에 내려앉아 우리들의 소중한 농작물을 망쳐버리는, 그래서 그것들은 나비라기보다는 해충으로밖에는 인식되지 않는다. 생활 주변에서 흔하게 보아왔던 배추흰나비는 밉상스럽게도 날개의 색깔마저 누리끼리한 것들뿐이었다.

나비라고 이름 붙여졌다면 마땅히 저 정도의 날개는 가지고 있어야겠지……. 반짝거리는 비늘 가루를 사방에 흩뿌려놓은 제비나비 한 쌍을 바라보는 여자들, 무늬만 나비인 여자들의 입에서 한숨과도 같은 신음 소리가 흘러나왔다. 이번에도 역시 나를 포함해서.

"원, 투, 이렇게 오른발, 왼발 교대로 나갔다가 그대로 사정없이 몸을 밀어붙이세요. 이럴 때 아니면 우리가 언제 남하고 이렇게 몸을 붙여보겠어요? 오늘 배우는 동작은 위프 스로어웨이 whip throwaway라고 하는데요, 상대하고 밀착시킨 채로 함께! 같이! 이게 키포인트예요. 저희끼리 한번 해볼 테니까 잘 보세요."

한 마리의 나비가 다른 한 마리의 나비에게로 다가간다. 다가가는 쪽도 상대를 기다리는 쪽도 서로의 눈길을 피하지 않는다. 가까이 다가오고 있는 너를, 너의 눈동자에 고이는 내 모습을 고개 돌리지 않고 똑바로 바라보기…… 나 같은 여자, 어디에서건 흔하게 볼 수 있는 배추흰나비 따위는 흉내도 낼 수 없는 몸짓을…… 아무렇지도 않게 하고 있다.

제비나비 한 쌍이 서로의 몸통을 꼭 붙인 채로 날아다닌다. 한 몸이 되어 하늘을 향해 날아오른 그녀들의 등 뒤로 벨벳처럼 까만 날개가 파닥거린다. 그녀들의 날개가 파닥거릴 때마다 공중에 반짝, 하고 나타났다가 사라지는 비늘 가루들……. 누구든 저 비늘 가루에 닿아본 사람이면 사로잡혀버릴 것이다. 제 그림자를 밟고 있는 발 모양까지도 매혹적인 여자들의 모습을 바라보며 나는 제비나비의 날개를 떠올린다.

　제비나비는 해발 육백 미터 이하의 산에서도, 사람이 살지 않는 들에서도, 도심에서도 날아다닌다. 뜨거운 햇볕이 내리쬐는 한낮에는 어두운 수풀 속 나뭇잎에 앉아 휴식을 취하다가 햇빛에도 무료해지면 꽃으로 모여들어 꿀을 빨아먹고, 계곡의 습지에서 물을 마신다. 휴식을 취할 때도 그 아름다운 날개를 접지 않는다. 언제나 날개를 활짝 편 채로 살아간다.

　제비나비의 서식지를 보면 생활하기에 적당한 숲이 있느냐 없느냐, 또 애벌레가 먹고 살 만한 식물이 있느냐 없느냐 하는 환경조건에 지배를 받는다고 한다. 그러나 도심의 공원이나 집 주변까지도 날아드는 이들의 강한 생식력을 보면 제비나비들은 주어진 환경조차도 저희들 날개의 색에 맞는 것으로 변화시켜버리는 것 같다.

　어떤 곳에서도 날개를 접지 않는 제비나비들, 검다 못해 윤기마저 흐르는 날개로 거침없이 날아다니고 있는 저 제비나비들……. 그 앞에서는 누구든 고개를 떨어뜨리게 된다.

　못마땅한 얼굴로 실눈을 뜨고 있는 반장은 그래도 나보다는 낫다. 실눈을 뜨고 있다는 건 적어도 시샘을 하고 있다는 증거니까. 나의 경우에는 비교조차도 할 수 없다는 생각에 그저 입을

벌리고 감탄할 뿐이다. 그러다가 엄마의 말을 떠올리고는 그제
야 벌린 입을 다문다.

예쁘고 잘빠진 여자들, 저런, 제비나비 같은 여자들만 보면 엄
마는 이렇게 말했다.

그래봤자 너희들, 결혼은 못 했지?

그러고는 삐딱한 눈으로 나를 노려보며 끌끌, 혀를 차는 것으
로 마무리를 했다.

준비물 세 가지

놀랍게도 새로운 또 한 마리의 제비나비는 나비의 딸이었다.
하기야 놀랄 일도 아니다. 제비나비는 제비나비에게서만 나올
테니까. 미처 나비의 딸이라고 생각지 못한 내 쪽이 오히려 더
이치에 맞지 않는다. 그러니까 어쩌면 나, 억울했던 것일까? 아
름다운 어머니와 아름다운 딸이 만들어내는 그 아름다운 조화
어쩌고 하는 것, 인정하고 싶지 않은 거다.

뒤틀려 있는 쪽은 엄마라고 생각하면서도 사실은 나, 마음속
으로는 엄마와 똑같이, 그래봤자 너희들, 결혼은 못 했지? 라고,
위안을 삼고 있었던 거다. 나라는 인간이 형편없게 느껴졌다.

"최 선생이 어디 사람이야? 무늬만 사람인 인형이지. 그래도

지금은 옛날보다는 진짜 많이 나아진 거야. 아유, 오 년 전에 처음 나왔을 때는 웃지도 않았어. 얼음이었다니까. 나는 최 선생 진짜진짜 밥맛이야."

나비의 딸, 최 선생에 대한 불만을 늘어놓고 있는 뚱여사가 가엾게 느껴졌다. 부럽다고, 저 여자처럼 되었으면 좋겠다고, 솔직히 털어놓을 수도 없을 만큼 뚱여사는 두꺼운 살덩이 속에 갇혀 있는 것이다.

"밥맛이라고? 웃기지 마라. 지나가는 남자 아무나 붙들고 물어봐라, 최 선생 같은 여자 하룻밤만 안아봐도 소원이 없다고 하지. 얼음? 얼음이면 어떻고 냉장고면 어때? 여자는 꽃이다, 꽃! 예쁜 꽃을 꺾어다놓고 싶지 예쁘지도 않은 꽃을 누가 꺾나? 뚱보니가 마음이 비단결 같으면 뭐 하노? 누가 너를 거들떠보기라도 하나? 일단 거들떠보기나 해야 마음이 비단인지 쿠션인지를 알지. 말 같지도 않은 말은 하지도 말고, 뚱보 니는 살이나 빼라."

반장의 독침이 뚱여사의 푹신푹신한 살을 뚫고 들어갔다.

"호호호."

독침을 맞은 뚱여사, 예의 그 이상한 웃음소리를 냈다. 그런 뚱여사를 바라보며 다른 여자들도 모두 호호호, 이상한 웃음소리를 냈다.

"자기들, 제일로 멍청한 여자가 어떤 여잔 줄 아나?"

반장의 얼굴 표정이 사뭇 진지하다. 모두들 덩달아 이마에 주름을 잡았다. 느닷없이 무슨 소리죠?

"남편 하나 주무르지 못하는 여자가 제일 멍청한 년이다. 남편 하나만 잘 다룰 줄 알면 세상이 다 내 거 아냐? 그러면 자기네들 같으면 예쁜 마누라가 좋겠냐, 개떡같이 생겨먹은 마누라가 좋겠냐? 그것도 다 요령이다. 내 말이 틀리나?"

반장의 말에 모두들 묵묵부답, 딴청을 피웠다. 누구에게는 밥 먹듯이 쉬운 일이 누구에게는 죽는 것보다 어려울 수도 있다는 사실을 반장은 모른다.

반장의 말, 결론부터 말하자면 이렇다.

남편을 휘어잡아라. 남편을 휘어잡아야 마누라인 내가 편하다. 남편을 휘어잡으려면 우선 나를 가꿔라. 남편의 눈이 늘 나를 향하고 있어야 남편을 휘어잡을 수 있다. 일단 남편이 다른 여자를 곁눈질하게 되면 그때부터는 사는 게 힘들어진다. 남편만 꽉 쥐고 있으면 원하는 건 무엇이든 살 수 있고 심지어는 시댁 식구들도 남편의 마누라인 나의 눈치를 보게 된다. 일단 그런 정도까지 남편을 휘어잡게 되면 그때부터는 여권신장이니 자주독립이니 외칠 필요도 없다. 내 세상이다. 자주독립을 하고 싶으면 우선 남편부터 휘어잡아라! 누릴 것 다 누리며 살고 싶다면 마누라들이여, 내 말을 명심하라!

반장의 말을 시작으로 여자들이 앞다퉈 서로의 의견을 내놓았다. 그렇게 해서 '마누라들의 자주독립'에 대한 진지한 세미나가 장장 두 시간에 걸쳐 진행됐다. 세미나 장소는 물론 문화센터 휴게실이었다. 이곳은 공짜로 사용할 수 있다는 장점 때문에 소음 등의 많은 불편함에도 불구하고 언제나 애용되고 있다.

반장 다음으로는 파리 할머니의 주장이 많은 마누라들의 지지를 얻었다. 자주독립을 위한 두번째 조건, 다름 아닌 자식이었다.

나는 자식이 없다. 내 얼굴을 봐라. 이게 어디 사십대의 얼굴이냐, 완전히 쭈그렁 할머니지. 자식을 못 낳은 여자의 얼굴이 바로 이 얼굴이다. 나는, 폭삭 삭아버렸다. 요즘, 우리 시어머니는 씨받이 얘기를 다시 꺼냈다. 요즘이 어떤 세상인데 씨받이를 들먹거리느냐, 화를 내야 될 쪽은 분명히 나인데…… 기세등등한 쪽은 오히려 시어머니다. 남편? 우리 남편은 몇 년 전에 정관수술을 했다. 왜 했냐고? 그거야 병신인 나를 위로하는 차원에서지. 수술을 할 거면 아예 잘라버리라고 했지만 남편은 그냥 묶었다. 그러니까 우리 남편은 맘만 먹으면 언제든 제 자식을 가질 수 있는 거다. 나는…… 남편의 사랑을 확신한다. 하지만 어딘가

늘 허전하고 불안하다. 자식이 없기 때문이다. 결혼 생활에서 내 자리를 굳건하게 지키려면 절대적으로 자식이다, 자식!

파리 할머니의 눈에는 눈물이 가득했다. 여자들의 시선이 일제히 내 옆에 앉아 있던 현에게로 쏠렸다. 파리 할머니에게는 미안한 얘기지만 그 순간에 나는 조금 우쭐했던 것이 사실이다. 나는 어쩔 수 없는 속물인가보다. 그래도 어깨를 들썩이며 서럽게 울고 있는 사람이 내가 아니라 파리 할머니라서 다행이라는 생각을 했다. 자식을 못 낳아서 불안에 떨며 살다니, 상상만으로도 끔찍했다. 더더군다나 파리 할머니, 아직도 사십대였다니!

"자식 없으면 어때? 자식 있다고 평생 걱정이 없다고 누가 그래? 늙고 병들면 자식이 무슨 소용이래? 제 부모도 길에다 내버리는 판에. 돈이 최고야, 돈!"

손 큰 여자였다. 자식 소용없다는 손 큰 여자의 말에 누구보다도 크게 고개를 끄덕거린 사람은 다름 아닌 파리 할머니였다(아니, 이제는 파리 아줌마라고 해야 되겠지?).

손 큰 여자의 주장은 이랬다.

돈이 최고다. 경제권을 쥐고 있어야 남편도 나를 함부로 못 한다. 경제권이야말로 자주독립의 밑바탕이다. 막말로 이혼을 하고 싶어도 돈이 없어서 꾹 눌러 참고 사는 여편네들이 얼마나 많은지 아는가? 미모도 한때다. 자식도 한때다. 남편 사랑은 더더 군다나 한때다. 우리 남편 바람나면 어쩌나 전전긍긍, 장가가더니 마누라밖에 모른다 노심초사, 왜들 그렇게 사는가? 경제권을 쥐고 있어야 기 펴고 사는 법이다. 자기들은 자기 명의로 된 인감도장이랑 통장 하나씩은 있겠지?

"아뇨."

기어들어가는 소리로 대답한 사람은 나 혼자였다.

"정말이야? 통장이 없어? 이제 보니까 이건 완전히 바보천치잖아!"

반장의 독침. 그래서 나는 바보천치가 되어버렸다. 다들 상당한 액수의 비자금을 조성하고 있었다. 나는 완전히 맥이 풀렸다. 남편까지 휘어잡고 있다는, 그래서 돈이고 뭐고 없어도 완전히 제 세상을 누리고 있다는 반장도, 자식이 없어서 불안하지만 그래도 남편 사랑만은 확실하다는 파리 할머니도, 이 여자도 저 여자도 다 가지고 있는 통장을 나만 갖고 있지 않았다.

"자긴 남편하고 갈라선다는 생각은 한 번도 안 해봤어? 남편이랑 사이가 굉장히 좋은가보지?"

노처녀로 보이는 카키색 스타킹 아줌마의 말이 압권이었다.

집으로 돌아오는 길에 은행에 들렀다. 내 명의로 된 통장을 만들기 위해. 물론 통장을 만든다고 해도 상당한 액수의 비자금을 조성할 자신은 없다.

"도장 주세요."

"없는데, 사인으로 하면 안 될까요?"

도장도 없이 통장을 만들러 오다니, 여직원의 눈이 가늘어졌다.

"외국인인 경우라면 몰라도 한국 사람은 거의 사인은 사용하지 않는대요."

여직원은 내내 못마땅한 표정을 지었다. 결국, 여직원의 따가운 시선을 받으며 은행에서 나왔다.

집에 돌아와 청소를 했다. 청소를 끝마치고 났을 때는 차라리 통장을 만들지 않아서 다행이라는 생각을 했다. 나는 누구처럼 남편의 사랑을 확신하지도 못한다. 누구처럼 자식이 없는 것은 아니지만 자식이 있다고 해도 이 집에서 굳건한 자리를 차지하고 있는 것도 아니다. 누구처럼 경제권을 쥐고 있는 것도 아니다. 확실한 것은 하나도 없다. 그래도 확실한 것 하나는 통장을 만들어서는 안 된다는 사실이다.

내 명의로 된 통장. 만약 그런 것을 소유하게 된다면 나는…… 어쩌면 도전장을 내밀게 될지도 모를 일이 아닌가?

아메리칸 스핀

남성의 오른손과 여성의 오른손이 팽팽한 상태를 유지한다. 남성은 밀어주는 형태를 취하고 여성은 그 탄력을 이용해 회전을 한다.

1월 11일

젖은 손을 앞치마에 닦았다. 안방으로 남편을 깨우러 갔다. 남편의 머리맡에 서서 "아침 먹어요"라고 속삭였다. 그러면서 그의 대답은 오늘도 역시 "됐어"일 거야, 라고 생각했다.

남편이 눈을 떴다. 나를 밀어젖히고 그대로 욕실로 들어갔다. 예상 밖의 행동이었다. 며칠 전부터 예민해져 있더니 오늘은 갈 데까지 갔나보군, 말 붙이기도 힘들 정도였다. 나는 입술을 씰룩거리며 부엌으로 후퇴했다. 이런 경우, 숨소리도 내지 않는 편이 현명하다.

"물."

이 남자가 이 시간에 식탁 앞에 와서 앉다니. 늘 있던 대로, 늘 하던 대로, 그렇게 언제나 똑같지 않으면 나는 불안해진다. 잘못한 것도 없으면서 괜히 주눅이 든다.

남편에게 물을 한 컵 가져다 주고 묵묵히 밥을 먹으면서도 못내 미심쩍다. 저 남자가 오늘은 어떻게 된 일일까 하고, 남편의 안색을 살피기 바쁘다.

"물이나 한 컵 더 가져와."

물을 한 컵 더 가져다 줬다. 남편은 밥공기에 물을 부었다. 이런 경우, 물을 밥에 말아먹었다인가, 밥을 물에 말아먹었다인가, 잠깐 딴 생각을 하다가 도대체 나는 어떻게 생겨먹은 인간이냐, 얼른 다시 자리에 가서 앉았다.

남편은 밥을 반도 채 먹지 않고 일어섰다. 그나마도 억지로 쑤셔 넣었는지 이맛살을 찌푸렸다.

얼른 달력을 봤다. 어느새 1월 11일이다. 드디어…….

"커피!"

남편의 목소리는 여전히 심드렁하다. 반면에 나의 목소리는?

"잠깐만요, 금방 가요!"

느끼할 정도로 기름이 좔좔 흐른다.

1월 11일. 드디어 오늘이다.

오늘을 위해 우리 부부는 석 달을 기다렸다. 더 엄밀히 말하자면 나는 삼 년을 기다려왔고 혼자서 무려 열 곳의 병원을 찾아갔다.

처음 찾아간 곳은 개인병원이었다.

"살도 붙이실 겁니까? 이왕 하시는 거 완전하게 하시는 편이 낫죠. 비용이요? 그 정도로 하게 되면 오백은 예상하셔야 될 겁니다."

오백씩이나? 엄청난 비용에 고개를 설레설레 흔들고 말았다.

두번째로 찾아간 곳은 종합병원이었다.

"사랑으로 극복하십시오."

환갑이 지난 늙은이는 내 말을 귀담아 듣지도 않았다. 오히려 이만한 일로 여자가 병원에까지 찾아오다니, 세상 다 끝났다는 표정으로 나를 쏘아봤다.

세번째로 찾아간 곳은 한의원이었다.

"딱 세 첩만 먹어. 자다가도 벌떡 일어나서 달려들어! 그때는 어메, 나 살려! 비명을 지르고 도망 다녀도 나는 책임 못 져."

그 한의사, 왠지 책임 못 지게 생겼다. 믿음이 가지 않았다.

그 다음 번은 전철역 근처에 있는 개인병원이었다.

"설명을…… 자세히 해보세요. 만족하신 적은 한 번도 없으신가요? 전희는, 그러니까 제 말은 충분히 만족할 만큼의 애무를 서로 나누십니까?"

중년의 의사는 눈을 가늘게 떴다. 그, 겉옷을 홀딱 벗기는 듯한 시선에 나는 얼굴을 붉혔고 간간이 혀를 내밀어 마른 입술을 축였다. 나의 혀가 나의 입술을 핥는 순간, 의사의 눈은 더욱 가늘어졌다.

그날, 병원에서 돌아오자마자 나는 팬티를 벗어야 했다. 팬티는 병원에서부터 흥건히 젖어 있었다. 그 길로 곧장 자위행위를 했고 쩝쩝, 입맛을 다시지 않아도 될 만큼 만족했다. 그 뒤로도 몇 번 그 병원으로 다시 상담을 하러 갈까, 생각해보기도 했다. 그러나 감히 두 번까지는 엄두가 나지 않았다.

그렇게 나 혼자서 몇 곳의 병원을 전전했다. 그러나 달리 뾰족한 수가 없었다. 비용도 만만치 않은 데다 남편에게는 뭐라고 설명할 수 있을지……. 과연 어떻게 말을 꺼내야 마음을 다치지 않는 선에서 이해를 시킬 수 있을지, 쉽지 않았다. 결국은 당신은 조루야, 라고 말하는 것이니까.

그러다 그 문제는 아예 포기해버렸다.

의외의 곳에서 문제의 실마리가 풀렸다. 석 달 전의 일이다.

"당신, 공동구매라고 들어봤지? 세상 참 좋아졌어. 이제는 가전제품 살 때만 공동구매를 하는 게 아냐. 성형수술이든 라식이든 수술할 때도 공동구매를 하더라니까. 우리 부대 친한 동기들끼리 이번에 공동구매로 수술을 하기로 했으니까 당신은 그저 굿이나 보고 떡이나 얻어먹으라고."

　남편이 말한 굿은 다름 아닌 신경차단 수술이었다. 거기에 구슬까지 한두 개 삽입한다고 했다. 구슬은 서비스 차원에서 병원에서 공짜로 시술을 해주기 때문에 꿩 먹고 알 먹고, 일석이조라며 좋아했다.

　나는, 군부대의 그 엄청난 조직력에 감탄해 마지않았다.

　남편을 포함해 남편의 몇몇 부대 동료들은 그 뒤로 서너 번 병원에 갔고 수술을 하기 전에 먼저 몇 가지 검사를 받았다. 병원에서 검사를 받고 온 날이면 남편은 흥분해서 그날 받은 검사에 대해 떠들어댔다.

　"일어서세요! 그러더니 막무가내로 바지를 벗기는 거야. 야, 진짜 웃기더라. 바지를 벗기더니 성기를 만지는 거야. 떡 주무르듯이 주무르는데……. 그런 다음에 차트에 크게 쓰더라고. 발기 정상!"

　1. 그 밤에 남편은 발기 정상! 이라는 말을 스무 번도 넘게 되풀이했다. 남편 역시 내심, 걱정하고 있었던 거다. 발기 정상이라는 말에 아이처럼 좋아하던 남편의 모습이 신선했다.

　2. 그리하여 드디어 1월 11일이다.

　1! 1! 1!

날짜도 끝내준다면서 남편은 보무도 당당히 현관문을 열고 나갔다. 나는 곧장 베란다로 쫓아나갔다. 남편은 이제 막 계단을 밟고 내려와 골목을 빠져나가고 있었다. 남편의 어깨 위에서 두 개의 배지가 남편의 발걸음에 맞춰 절도 있게 흔들리는 것이 보였다. 사거리를 지나 남편의 뒷모습이 보이지 않게 될 때까지 베란다에 서 있었다.

자꾸 웃음이 터져나왔다.

섹스에 대한 엄마의 생각

시계는 벌써 11시를 가리키고 있다. 오전 11시. 하필이면 왜 오늘? 마침 오늘은 라틴댄스 수업이 있는 금요일이다. 일주일 중에 나에게 의미 있는 요일은 오직 이 금요일뿐이다. 나의 시간의 단위는 금요일, 그리고 다시 금요일로 흘러간다.

지금이라도 가볼까? 그러나 어차피 너무 늦었다. 우물쭈물하는 사이에도 시간은 계속 흘러가버린다. 결국, 빨래나 하기로 했다.

겉옷들은 세탁기에 돌리고 세탁기가 돌아가는 동안 속옷을 빨았다.

인간은 왜 속옷이니 겉옷이니 이렇게 번거로운 걸까? 동물들은, 곤충, 물고기들은 속옷 따위 입지 않는다. 겉옷만으로는 충분히 가릴 수 없다고 생각될 만큼 인간의 몸은 추한 걸까?

그럴지도.

생리혈이 까맣게 찌든 팬티를 빨다 말고 고개를 끄덕거렸다. 있는 힘껏 비벼댔지만 완전히 깨끗해지지는 않는다. 아마도 그날, 이처럼 생리혈이 묻은 팬티를 장롱 속에 숨겨놓지 않고 욕실 빨래 통에 넣어뒀다면 엄마는 과연 뭐라고 했을까?

쪼그만 게 온통 비밀 천지야! 구렁이 새끼처럼 음흉해! 라고, 소리를 지르는 대신에 그래, 너란 아이는 참 솔직하구나, 다정하게 머리를 쓰다듬어줬을까? 그런 다음에는 다른 엄마들처럼 딸의 팬티를 깨끗하게 빨아주었을까?

아직도 생리혈의 흔적이 누리끼리하게 남은 팬티를 냄비 속에 넣었다. 뚜껑을 닫았다. 깨끗하게 삶아야지, 가스레인지에 냄비를 얹고 불을 켰다.

흔적도 남지 않게 말끔하게…….

그렇다. 엄마에게는 어떤 말도 통하지 않는 것이다.

혼인신고를 서두른 쪽은 다름 아닌 엄마였다. 결혼식도 올리기 전에 혼인신고를 먼저 한다는 건…… 나는 썩 내키지 않았다. 언제나 그랬듯이 엄마는 나를 설득했고 나는 설득당했다.

"혼인신고 먼저 해라. 결혼식은 사정이 되는 대로 하면 되지만 우리 사정 때문에 미루다가 이 남자마저 놓치면 네 주제에 어떡할래?"

별로 설득력이라고는 없었지만 결국 김태후라는 남자와 나, 이소희는 법적으로 부부가 되어버렸다. 태후 씨야 설득하고 말 것도 없었다. 처음부터 엄마의 말이라면 무조건 오케이였으니까. 게다가 결혼한 햇수에 따라 입주하게 될 군인 아파트의 평수가 달라진다는 태후 씨의 말에 아빠까지 덩달아 춤을 췄다.

한 달에 두 번, 토요일이면 울산에 내려갔다. 처음엔 엄마의 강력한 주장 때문이었고 그 다음에는 법적으로는 이미 부부니까 당연히 그래야 한다고 생각하게 되었다.

울산에 내려간 첫날, 태후 씨는 내게 섹스를 요구했다. 법적으로는 이미 부부니까. 거절할 만한 핑계거리가 없었다.

숫처녀냐, 경험이 있었다면 몇 번 정도, 등등의 의례적인 말 따위 태후 씨는 생략했다. 대신 나의 생리주기를 물었다. 배란일이 아닌 것을 확인하고는 불을 껐다. 나는 태후 씨가 하는 대로 속옷까지 모두 벗은 뒤에 침대 위로 올라갔다. 내 몸에 닿은 김태후라는 남자의 첫 느낌은 묵직하다, 였다.

섹스를 끝내고 난 뒤에는 어차피 치를 일을 끝마친 기분이었다. 차라리 홀가분했다.

다음 날 아침, 서울행 기차를 타고 올라왔다.

"이 싸구려! 가서 빨래나 해주고 오랬더니 잠까지 자고 와? 결혼식도 안 한 년이 뭐가 급해서? 거기 가서 그렇게 다리를 벌려주고 싶든? 하여간 너란 애는 하는 짓이 어쩜 그렇게…… 똑같애, 똑같애. 아유, 싸구려들!"

대문을 열기가 무섭게 엄마는 호들갑을 떨었다. 너무 지능적이어서 나는 아예 질려버렸다. 감탄사가 나왔다. 매번 똑같은 수법에 매번 똑같이 걸려들다니, 내가 생각해도 나는 정말 멍청했다. 어이가 없어서 억울하지도 않았다.

엄마가 또 한 건 올린 셈이었다.

나의 예감은 적중했다. 엄마는 차일피일 미루며 좀체 결혼식을 올려주지 않았다. 결혼식 애기를 꺼내면 엄마는, "남자 맛 좀 보더니 정신 못 차리지?" "하여튼 제 할머니한테서 나쁜 것만 배워 왔다니까." 혹은 "니 속을 누가 모를 줄 알고? 어떻게든 나가기만 하면 된다 이거지?" 같은 말만 되풀이했다. 더욱 기가 막힌 것은 지금까지 먹여주고 재워주고 대학까지 공부시키는 데 들어간 돈을 전부 토해내라는 것이었다. 그런 뒤에 시집을 가도 늦지 않다는 것이 엄마의 주장이었다.

태후 씨는 태후 씨대로 내게 이것저것 요구해오기 시작했다. 이틀에 한 번씩은 시골 부모님께 전화드려라. 한 달에 두 번은 울산에 내려와라. 시골 부모님께 가끔씩 용돈 좀 부쳐드려라. 당신은 우리 집 큰며느리다. 결혼식만 안 올렸지 우리는 엄연한 부부다.

나로서는 거절할 핑계거리가 없었다. 법적으로는 이미 부부니까.

결혼식도 올리기 전에 울산에 내려가야만 하는 상황을 만들어 놓은 사람은 바로 엄마였다. 그러면서도 엄마는 내가 울산에서 하룻밤을 자고 온 날이면 도끼눈을 하고 달려 나왔다.

"이 싸구려!"

그러면서도 결혼식은 올려주지 않았다.

나를 잡기 위해 엄마가 놓은 덫은 섹스였다. 그리고 나로서는 엄마가 놓은 그 덫에 걸려들 수밖에 없었다. 이미 몇 번의 전적이 있었으니까. 엄마가 나를 향해 눈꼬리를 치켜뜨고 이 싸구려! 혹은, 나가서 또 싸구려들이나 하는 짓거리를 하고 왔군! 하고 소리를 질러대도 할말이라고는 없었다.

엄마의 덫은 교묘했다. 교묘한 만큼 성능에 있어서도 뛰어났다. 엄마의 말대로 시집이라도 가서 집을 빠져나오려면 언제까지고 엄마의 눈치를 살피며 말 잘 듣는 딸 노릇을 해야 했다. 엄마 아빠의 면전에서 죄송해요, 저는 싸구려예요, 라는 자아비판까지 해가면서 말이다.

냄비 속에서 언제 그런 일이 있었냐는 듯이 깨끗해져 있는 속옷들.

속옷은 역시 삶아야 돼, 개운한 마음으로 가스불을 껐다.

지나간 삶도 이렇게 속옷처럼 푹푹 삶을 수만 있다면 얼마나 좋을까? 무엇이든 다 집어넣고 삶을 수 있는 그런 큰 냄비가 있었으면…….

섹스에 대한 남편의 생각

속옷을 삶고 거실 탁자 위에 흩어져 있는 신문을 정리하고 고등어를 튀겼다. 시계는 벌써 3시를 가리키고 있다. 그런데도 남편은 아직 돌아오지 않고 있다. 무슨 일일까 걱정도 되지만 그보다는 배가 고프다. 혼자서라도 먼저 밥을 먹어야 되는지, 끝까지 기다려야 되는지…….

다시 시계를 올려다봤다. 3시 35분. 도저히 안 되겠군, 냉장고 문을 열었다. 우유를 한 컵 따르고 사과를 하나 꺼냈다. 그 순간

벌컥 문이 열렸다.

"바로 점심 차릴까요?"

"됐어."

남편의 얼굴은 험악 그 자체였다. 그는 들어오자마자 곧장 안방으로 들어갔다. 안방 문이 쿵, 소리를 내며 닫혔다. 그가 돌아오기가 무섭게 집 안 공기가 일순간에 얼어붙었다. 저것도 재주라면 재주다, 라고 생각하며 나는 사과를 깎았다. 사과를 한 입 베어 물자 싸한 사과 향이 온몸으로 퍼졌다.

"물 좀 줘."

안방 문을 열고 나온 남편은 좀 전과는 다른 모습이다. 자세히 들여다보니 얼굴이 반쪽이 됐다.

"당신은 진짜 남편 하나는 잘 만난 줄 알면 돼. 그것만 알면 된다고. 나니까 이런 수술을 하지 어떤 놈이 이걸 하겠냐? 하여간 당신은 행복한 줄만 알라구."

"많이 아팠어요?"

"아파? 이 여자가 지금 뭔 소리를 하고 있어? 수술만 세 시간을 했다니까. 포경수술 정도로 생각하고 갔다가 이건 완전히 죽을 뻔했는데. 팔다리를 꽁꽁 묶고는 아플 겁니다, 그러더니 갑자기 쭉 찢는 거야."

"마취도 안 하고?"

"마취? 마취 같은 소리 하네. 신경을 건드리는 수술은 마취를 하면 실패 확률이 있다잖아. 야야, 여기 피 묻은 거 보여?"

남편이 바지를 내렸다. 훅, 하고 나는 숨을 들이마셨다. 남편의 성기는, 처참했다. 들여다보기 민망할 정도였다. 어디를 어떻게 얼마나 절개했는지 확인할 수 없을 정도로 붕대가 감겨 있었다. 핏물 때문인지 소독약 때문인지는 모르지만 가랑이 안쪽이 온통 빨갰다.

나는 눈살을 찌푸렸다. 어서 바지를 올렸으면 좋겠는데 남편은 아예 바지를 벗어버렸다.

"여기 좀 봐."

페니스 끝을 살짝 들어 올리더니 남편이 자세히 설명을 하기 시작했다. 쳐다보기도 싫은데 설명까지 듣고 있어야 되다니, 짜증이 났지만 내색을 하진 않았다. 마침내 설명이 끝나고 남편이 다시 바지를 입었다.

나는 늦은 점심을 차리기 위해 주방으로 뛰어갔다. 흉한 것을 한참이나 들여다보고 있어서 그랬는지 칼질을 하려 하자 눈이 침침했다.

"내가 내 친구들한테 너희는 얼마나 오래 하냐고 물었더니 다들 뭐라는 줄 알아? 미친 놈, 오래 하긴 뭘 오래 하냐? 넣다 빼면 그만이지! 다른 놈들은 다들 그래. 당신은 진짜 행복한 줄만 알아. 나는 내가 다 알아서 이런 수술도 하고 오잖아. 행복하십니까, 사모님?"

기분이 좋을 때면 남편은 이렇게 다정해진다.

"어유, 당신도 참!"

"어유, 당신도 참? 그런 거 말고 예스냐 노냐 그것만 얘기하라고. 행복하십니까, 사모님?"

"예스!"

남편은 이런 순간에도 '예스' 아니면 '노'라고 대답해주기를 원했다. 김태후, 나의 남편은 섹스에 대해서도 이런 식이다. 철저하게 분명하다. 좋으냐 나쁘냐, 오르가슴을 느꼈느냐 못 느꼈느냐, 성교 시간은 평균 남자의 그것에 미치느냐 못 미치느냐, 발기가 정상이냐 아니냐, 인생의 모든 것이 분명해야 한다. 불확실한 것은 참지 못한다.

남편이 수술을 결심한 이유는 그 때문이다. 예스도 아니고 노도 아닌 자신의 불확실한 상태, 참을 수 없었던 것이다.

섹스에 대한 나의 생각

그러나 정작 내가 원했고 지금도 원하는 건……

언젠가 나는 내 인생을 깡그리 저당잡힌 적이 있었다. 그러나 정작 내가 원했고 지금도 원하는 걸, 지금도 그렇듯이 그 시절에도 나는 갖지 못했다.

찬이 군에 지원하자마자, 아니 미화하지는 말자. 스물두 살의 찬은 대한민국 남아의 신성한 의무를 이행하기 위해 그 긴 머리를 밀었던 것은 아니다. 오로지 내게서 달아나고자 함이었다. 아니 더 정직하게 말하자. 오로지 나를 버리기 위함이었다.

나는…… 버림받았다.

익숙해졌다고 생각했었으나 그러나 그것은 거짓이었다. 나의 자만이었다. 어떤 감정은 결코 무디어지거나 느슨해지는 법이 없다는 걸, 인정하고 싶지 않았을 뿐이다.

버림받았다. 예전에도 버림받았고 지금도 버림받았고 앞으로도 또 나는 버림받을 것이다. 나는, 나의 앞날을 예견하고 있었다. 미래를 보아버린 사람들이 흔히 그렇듯이 겉으로는 태연을 가장하면서도 나는 악바리가 되었다.

그렇지 않다는 걸 보여주자.

나의 삶을, 예정되어 있는 나의 미래의 삶까지도 배반해버리자.

내 앞엔 오직 그 하나의 목표만이 있었다.

멋지게 보여주고 싶었다. 동기가 강한 만큼 반드시 성공해야 했다. 목표를 이루기 위해서라면, 아까울 것도 내주지 못할 것도 없었다. 나는, 내가 가진 유일한 것을 카드로 내놓았다. 가진 것이라고는 그것뿐이니까.

몸을 주고 마음을 얻자.

시작은 쉬웠다. 우스울 정도로. 내가 몸을 카드로 내놓자마자 무수한 벌들이 날아들었다. 꽃잎을 활짝 펼치고 그들을 맞아 들였다. 그들은 내가 원하는 것을 내게 주었다. 다정한 눈빛. 다정한 음성. 내가 내민 손을 꼭 잡아주던 다정한 손길.

너와 나, 어느새 우리가 되어버린 남자와 여자가 하나의 베개 위에 머리를 나란히 얹고 너의 눈동자 속의 나를, 나의 눈동자 속의 너를 언제까지고 바라봤다.

네가 내민 팔베개를 하고 누워 너의 체취를 맡고 있으면 나는, 눈물이 날 만큼 행복했다. 너의 품 안에서 눈을 뜨는 아침이면 내게는 오늘이나 내일 따위는 존재하지도 않았다.

엄마가, 아빠가, 찬이…… 너희들이 나를 버렸냐?

자, 나의 이 모습을 봐라. 나의 이 행복한 얼굴을 봐.

결론부터 말하자면, 나는 실패했다. 과거에 그랬듯이 또 나는 버림받았고 나마저도 나를 버렸다. 철저하게 버림받고 말았다.

나의 꽃잎 위에 내려앉아 혀를 날름거리던 벌들. 그들은 내게, 내가 원하던 그 모든 것을 주었지만 내가 주는 꿀에 곧 식상해했다. 나의 꿀에서 더 이상 단맛을 느끼지 못하게 되자 벌들은 홀쩍, 날아갔다. 사방에 흐드러지게 피어 있는 다른 꽃들에게로. 사뿐히.

낙태를 했다. 두 번씩이나. 두 번 다 혼자서 병원에 갔다.

처음엔…… 그저 잠시 눈을 감았다가 떴다. 눈을 감고 있던 그 찰나의 순간에 나는…… 아무 죄도 짓지 않았다. 이만 원짜리 영양주사를 맞았다. 병원을 나와서 박카스 한 병을 사서 마셨다. 원기를 보충하고 나자 기분이 한결 나아졌다.

마지막엔…… 끝까지 눈을 부릅떠야 했다. 고스란히 받아들여야 했다. 내가 내게 주는 고통을. 수술을 진행한 여의사는 끝내 마취를 해주지 않았다. 몸을 망친다, 는 것이 그 이유였다. 그 여의사의 말을 신뢰한 나는 얼마나 어리석었던가?

눈을 부릅뜨고 인내해야 했던 그 억겁의 시간 동안에 나는…… 죄를 지었다. 죄를 지었다는 것을 시인했다. 그 여의사는 수술을 집도했던 것이 아니다. 그녀는, 죄를 사하여달라고 감히 그녀를 향해 가랑이를 벌리고 누운 나를 단죄했던 것이다. 누가 그녀에게 그런 권능을 주었는가? 다름 아닌 나다.

병원 앞에서 토악질을 했다. 내 몸이 게워낸 불순물들, 가까이 다가가면 썩은 내가 날 것도 같았다. 나는, 내가, 내 몸이 싸질러 놓은 것들이 혐오스러웠다. 자, 네가 한 짓거리를 봐라!

저것이 나다……. 그 순간에 나는, 나마저 나를 버렸다. 나는, 버림받아 마땅했다.

몸을 주고 마음을 얻었던가?

부질없는 기대였다는 거, 잘 안다. 너의 눈동자 속의 나는 여전히 나를 바라볼 뿐이고 나의 눈동자 속의 너의 시선은 언제나 너에게만 고정되어 있다는 거, 잘 알고 있다.

그런데도 나는 여전히 허망한 꿈을 꾼다. 섹스를 하는 그 순간에는 너의 몸과 너의 체취가 내뿜는 열기, 그 생생한 탄성을 받아 나, 아름다운 회전을 하는 그 순간에는…… 나는 또다시 부질없는 꿈을 꾸고 싶다.

너와 나, 어느새 우리가 되어버린 남자와 여자가 한 베개에 머리를 나란히 얹고 너의 눈동자 속의 나를, 나의 눈동자 속의 너를 언제까지고 바라보고 있는 풍경을. 그 따스한 온기를.

오늘은 수리 중

지난밤에도 남편은 잠들지 못했다. 닷새째다. 한숨도 못 자고 출근을 하고 출근해서는 팔굽혀펴기다 피티체조다 체력훈련까지 해야 되니…… 남편의 퀭한 눈을 들여다보고 있으면 가엾다 못해 어이가 없다. 어이가 없어서 쿡쿡, 키득거리게 된다. 이게 정말 웬 고생?

잠을 못 자기는 아내인 나도 마찬가지다. 우리는 엄연한 부부다. 남편의 고통을 나 몰라라, 하고 혼자만 쿨쿨 코를 골며 잘 수는 없다. 게다가 나에게는 막중한 사명이 있다.

"빨리 빨리!"

남편이 내지른 단발의 비명. 나는 자다가도 벌떡, 일어난다. 입가에 묻은 침을 단박에 닦아내고 서둘러 면봉 하나를 꺼낸다. 잠들기 전 면봉을 머리맡에 놓아두는 일은 이제 하나의 습관이 되어가고 있다.

"빨리 머리를 이쪽으로 대요!"

나의 목소리도 거의 비명에 가깝다. 나마저 덩달아 위급한 처지의 사람이 된다. 면봉을 남편의 귓구멍에 깊숙이 찌른다. 엄지와 검지를 이용해 면봉 끝을 살짝 잡고 스르르 눈꺼풀이 감길 만큼 살살 면봉을 돌린다.

"으으으."

남편의 입에서 이상한 신음 소리가 새어나온다. 나의 무릎을 베고 누워 신음 소리를 내고 있는 남편은 덩치 큰 곰 한 마리다. 덩치만 크지 참을성이라고는 손톱만큼도 없는 새끼 곰.

"아, 이제야 좀 살 것 같다."

평정을 되찾은 새끼 곰은 좀 전에 내보인 약한 모습을 커버하려고 안간힘을 쓰기 시작한다.

"발기 정상! 발기 정상! 나는 말야, 발기가 너무 잘 돼서 탈이야. 당신 그런 말 들어봤어? 새벽에도 발기가 안 되는 놈은 남자도 아니라고 말야. 어어어, 살살해. 귓구멍 다 헐겠다."

발기가 될 때마다 꿰맨 부위의 통증이 심해져 잠을 이루지 못하면서도 남편은 그렇게 싫은 기색은 아니다. 은근히 즐기는 기색이다.

남편이 면봉을 사온 건 며칠 전이다. 성이 날대로 난 성기를 원상태로 돌려놓는 데는 귀를 후비는 방법이 제일 좋다는 말을 어디에선가 듣고 와서는 그날부터 밤마다 면봉으로 귀를 후벼달라고 한다.

날이 밝으면 지난밤에 사용한 면봉의 개수를 헤아리며 "음음" 하며 고개를 까딱거리기도 하는데 면봉의 개수가 많은 날이면

"음음" 하는 소리가 부쩍 커진다.

나는 마음속으로 콧노래를 흥얼거리며 계속해서 면봉을 빙글 빙글 돌린다. 엄마의 다정한 손길 아래 칭얼대던 새끼 곰이 간신히 잠들었다. 나의 무릎을 벤 채로 깜빡 잠이 든 새끼 곰의 얼굴을 내려다본다.

새끼 곰은 입을 반쯤 벌리고 있다. 벌린 입술 사이로 주르르 침이 흘러내린다. 더럽게……. 손을 뻗어 새끼 곰의 턱 밑에서 대롱거리고 있는 침을 닦아준다. 자기 모습이 얼마나 귀여운지도 모르고 새끼 곰은 쌔근쌔근 잘도 잔다. 등을 벽에다 갖다 붙이고 그렇게 새끼 곰의 머리를 쓰다듬으며 나는 앉은 채로 꼬박 밤을 새운다.

새끼 곰이 또 언제 눈을 번쩍 뜨고 일어나 "빨리 빨리!" 비명을 질러대며 손을 내밀지 모른다. 언제든 달려와 나를 향해 내민 손을 잡아줄 수 있도록 새끼 곰 옆에 있어주고 싶다. 물론 면봉을 소지하고서. 면봉을 들고 남편에게 달려갈 때면, 나의 무릎을 베고 누워 있는 남편의 귀를 후벼줄 때면 이상하게도 흐뭇해진다. 문득 우리가 '가족'이란 생각이 들기도 한다.

The whip

위프 스로어웨이 같은 스텝이지만 위프 스로어웨이와는 달리 남자가 여자를 던져주면 여자 혼자 떨어져나가 상대와 점점 멀어진다.

내부 공사

이번 주에도 역시 우리 배추흰나비들은 제비나비 한 쌍의 화려한 유영을 바라보며 입을 벌리고 있다가 멀건 침을 한 방울씩 주르르 흘리는 것으로 한 시간짜리 어설픈 비행을 끝마쳤다.

어설펐지만 잠깐의 비행으로도 우리들 배추흰나비들은 충분히 만족하는 것이다. 사실, 우리들의 누리끼리한 날개로는 제비나비들처럼 해발 육백 미터 상공까지의 비행은 무리니까. 다들 그걸 알고 있다.

제비나비들이 서둘러 교실 밖을 빠져나가자마자 어느새 고정 멤버가 된 여자들이 우르르 휴게실로 몰려갔다. 다닥다닥 붙어 앉아 있는 여자들의 모습을 멀리서 보면 날개의 색이 엇비슷한 배추흰나비들이 무나 배춧잎 위에 내려앉아 있는 것처럼 보인다.

"오늘 보니까 우리 선생님, 코도 수술한 것 같지?"

모두들 예상했겠지만 이런 말을 꺼낸 건 이번에도 역시 뚱여사였다. 파리 할머니가 고개를 옆으로 돌리면서 얼른 눈을 가렸다. 으음, 당신은 쌍꺼풀 수술이군요. 손 큰 여자가 빈정대는 시선으로 파리 할머니를 바라봤다.

"코? 우리 선생이 코만 손댄 줄 아나? 쌍꺼풀도 하고 턱도 깎고 할 수 있는 건 다 했겠지. 그리고 뭐 그게 어쨌나? 야야, 이 어리석은 여자들아. 니들은 남자들 말을 곧이곧대로 믿나? 텔레비전을 보다가도 예쁜 여자만 나오면 눈이 번쩍 뜨이는 것들이 남자들이다. 말로는 성형수술해서 예쁜 여자보다는 마음이 착한 여자가 좋다고 하지만 그게 진짠 줄 아나? 안 그러나? 나는 이리 생각한다. 못생긴 여자로 평생을 사는 것보다는 차라리 성형수술이라도 해서 아름다운 여자로 살고 싶다. 나는 그리 생각한다."

반장은 역시 뚱여사의 천적이었다. 반장의 독침을 맞은 뚱여사의 입에서 호호호 이상한 웃음소리가 새어나오고 대세는 다시 반장 쪽으로 기울었다.

"하긴 그래요."

배추흰나비들이 일제히 더듬이를 비벼댔다. 이때 눈을 내리깔고 있던 파리 할머니가 고개를 꼿꼿이 세운 것은 말할 것도 없다.

그렇게 해서 한 시간가량의 '세미나'가 진행됐다. 반장의 성형 수술을 비롯한 외부 공사에서 시작된 세미나는 파리 할머니의 내부 공사에 관한 이야기로 끝이 났다. 파리 할머니의 얘기의 골자는 이렇다.

여자의 자신감은 어디에서 비롯되는가? 물론 외모도 중요하지만 속이 더 중요하다. 이때, 여자들의 눈에는 '?'가 떠올랐다. 감히 반장 앞에서 외모보다 마음이 더 중요하다는 저런 불온한 말을?

모두의 눈에 떠오른 의문부호를 간파한 파리 할머니는 재빨리 부연 설명을 하기 시작했다. 내가 말하는 '속'은 마음이 아니다. 마음 말고 진짜 '속', 그러니까 아기가 나오는 통로 말이다.

으음, 그거 말이군요.

그제야 모두들 고개를 끄덕거렸다.

나는, 요새는 새로운 운동을 하고 있다. 어떤 여자는 여자들 거기야 다 그게 그거라고 하는데 그건 절대로 무식한 말이다. 운동으로 단련된 근육과 그저 그런 살점 덩어리가 어떻게 같을 수 있겠는가? 그러니까 내 말은 외부 공사도 중요하지만 내부 공사도 그에 못지않게 중요하다는 뜻이다.

내부 공사!

살점 덩어리라는 말에 기분이 상한 뚱여사를 제외하고 모두의
눈에서 '!'가 반짝거렸다.

"장희빈하고 인현왕후하고 무슨 차이가 있겠어? 밤마다 장희
빈은 얼마나 요상한 짓거리를 많이 했겠냐고. 인현왕후? 물론 요
조숙녀였겠지. 이불 속에서도 요조숙녀, 무슨 맛이었을까?"

파리 할머니의 마지막 말, 흡인력이 강했다.

몇몇의 아줌마들이 파리 할머니의 귀에다 대고 그 운동의 방
법에 대해 물었다. 그 반짝거리는 눈빛, 모두들 각오가 단단해
보였다.

상자 밑에 숨겨둔 편지 봉투에서 담배를 꺼내 한 대 피웠다.
담배를 피우며 묵혔던 변비를 해결했고 케켈 운동을 몇 번 했다.

운동으로 단련된 근육과 그저 그런 살점 덩어리가 어떻게 같
을 수 있겠어?

파리 할머니의 말, 절대적으로 맞는 것 같다. 요조숙녀이길 바
라면서도 가끔 나도 모르게 그 부분의 근육을 조일 때면 당신,
긴자꼬라고 들어봤어? 어쩌고 하면서 남편은 은근히 좋아했다.

용변을 다 보고서도 변기 위에 한참 앉아 있었다. 하나, 둘. 하
나, 둘. 케켈 운동을 스무 번 한 뒤에 팬티를 올렸다.

이게 다 뭐야?

"여보. 싱크대 물이 안 나와요."

"아침부터 젠장!"

나는 다시 싱크대로 갔고 남편은 욕실로 들어갔다. 설거지통에는 아침 먹은 접시와 밥공기들이 지저분하게 방치되어 있었다.

수북이 쌓여 있는 접시들의 개수를 헤아리고 있는데 투덜거리는 소리가 들려왔다.

"어젯밤에 욕실 수도꼭지라도 틀어놨으면 좋았을 텐데. 당신이 조금만 신경을 썼더라면 이런 일은 없었을 거 아냐?"

남편의 얼굴, 안 봐도 뻔했다. 탱탱 부었겠지. 잘못되면 무조건 내 탓이다.

등 뒤로 삐걱, 하고 현관문 열리는 소리가 들렸다. 곧이어 쿵쾅거리며 계단을 뛰어 올라가는 소리가 났다. 남편이 옥상의 물탱크를 확인하러 간 듯했다.

"이것들이 다 뭐야!"

사기 커피 잔 하나가 깨졌다. 부엌 바닥에 흩뿌려진 조각들, 모서리가 날카롭다.

이것들은 무슨 상징인가?

고무장갑을 벗고 허리를 굽혀 바닥에 나동그라진 조각 하나를 채 줍기도 전에 내 앞에 바투 나타난 그림자, 나라는 존재를 하나로 뭉뚱그려서 제 질서의 범위 안에 가둔다.

거실 창으로 쏟아져 들어오는 빛무리들. 창을 등지고 선 남편, 남편의 그림자는 점점 더 거대해진다. 나는 남편의 그림자 속으로 빨려 들어가는 나의 그림자를 바라보며 시 한 구절을 떠올린다.

"나무들은 그리고 황폐한 내부를 숨기기 위해 크고 넓은 이파리들을 가득 피워냈다."

내 앞으로 바싹 다가오고 있는 저것은 무엇인가? 황폐한 내부를 숨기기 위해 나무는 넓은 이파리들을 가득 피워내고 누군가는 제 그림자를 거대하게 부풀리는 것일까?

내 앞으로 바싹 다가오는 거대한 그림자, 나는 그것이 두렵다. 두려움이라든가 멀쩡하던 사기 커피 잔이 불시에 깨져버린 이유라든가 하는 것은 직감의 영역이다. 나는 감히 고개를 들어 "비켜! 내 앞에 서 있지 말란 말야!" 따위의 불온한 발언을 할 수 없다. 묵묵히 고개를 숙인 채로 깨진 사기 조각들만 그러모은다.

내가 그러모은 사기 조각들 위로, 남편의 그림자가 만들어낸 어둠의 면적 안으로, 무언가가 사뿐히 내려와 앉는다. 빛 가루 사이로 하얀 먼지가 풀썩 일었다가 가라앉는다. 아무 소리도 들리지 않는다. 언젠가도 나는, 내 귀는 이렇게 제 기능을 상실했던 적이 있었다. 그날이 언제였더라? 과거로 거슬러 올라가는 일이 마치 즐겁기라도 한 것처럼 나는 애써 과거를 길어 올리려 한다. 그리고 되도록 아무 소리도 듣지 못했으면, 하고 바란다.

그러나 소리 따위 듣지 못하는 척해도 속수무책이다. 나는, 내 눈은 아직 제 기능을 다 하고 있으니까.

그래, 저 담뱃갑 속에는 정확히 세 개비의 담배가 들어 있어. 어제 오후만 해도 다섯 개비가 들어 있었지. 그러나 저녁 7시가 되기 전에 내가, 그래 바로 내가 두 개비를 피운 장본인이야. 그런데?

내 앞에 바싹 붙어 서 있는 그림자의 중앙에 달려 있는 거대한 입술은 지껄이고 있다. 아까도 지금도 앞으로도 지껄여대겠지. 몸통마저 입이 되어버린 사내가, 하나 내 앞에 버티고 서서 지껄여대고 있다. 쿡쿡, 웃음이 새어나온다. 도대체 뭐라고 지껄이는 거지? 하나도 알아들을 수가 없다.

두툼한 입술이 여전히 지껄여대면서 모조 진주 귀걸이를, 분홍색 망사 팬티를, 14K 금반지를, 웃고 있는 찬의 얼굴을, 까만 비로드 치마를, 나의 열다섯 살을, 나의 스무 살을, 나의 소중한 사람을 쥐고 흔들어댄다. 지금 내 머리 위에서 사정없이 흔들리고 있는 것들, 저것들이 대체 뭐지? 저 구질구질한 것들이, 저것들이 다 뭐야?

나는 참았던 웃음을 터트린다. 웃지 않고서는 도저히 못 배기겠다. 깔깔깔, 깔깔깔, 깔깔깔…… 터져나오는 웃음을 막을 도리가 없다.

내 앞에 서 있는 입술은 점점 더 흉하게 일그러지고 있다. 어쩜 저렇게 흉할 수가! 나는 눈을 찡그린다. 흉한 것은 보고 싶지도 않은데 흉측한 입술이 이제는 나를, 내 몸마저 쥐고 흔들어댄다. 입술이 벌어질 때마다 역한 군내가 난다. 구역질을 할 것 같다.

"웃어? 뭘 잘했다고 웃어! 이건 뭐지? 이 싸구려 귀걸이는 뭐고 이 야리꾸리한 치마는 또 뭐야? 나 몰래 술집이라도 나가는 거야? 미친년들이나 입고 다니는 이런 팬티는 또 어디서 났지? 이놈은 또 뭐냐? 이것들이 다 뭐냐구!"

이것들이 다 뭐냐고? 너는 그걸 몰라서 내게 묻는 거니?

"말해! 말 안 해? 이게 다 뭐야? 너, 담배도 피우는 거야? 니가 피운 거야, 다른 놈이 피운 거야? 말 안 해? 이것들이 다 뭐야?"

입술은 이제 몸통으로 돌변했다. 몸통으로 돌변해서는 막무가내로 나를 짓이겨 누른다. 뺨이 얼얼하다. 그러나 이쯤은 뭐 가뿐하다. 나는 폭력 따위 겁나지 않아! 몸통을 향해 눈을 부릅뜬다.

"이게 미쳤나!"

몸통은 또 뭐라고 지껄여대며 나의 멱살을 잡고 흔든다. 흔들면 뭐 내 몸에서 돈이라도 쏟아져 나올까봐? 우습다. 너무 우스워서 웃다가 죽을 것 같다.

"말해! 말해! 말해! 이것들이 다 뭐야?"

그래, 너는 결국 어떻게든 내 대답을 듣고 말아야겠지. 내가 뭐라고 대답하든 그런 것은 상관도 없으면서. 예스든 노든 너에게는 아무 상관도 없잖아. 결과는 마찬가지니까. 너는 나의 부당함에 대해서 나의 잘못됨에 대해서 또 한참을 지껄여대겠지. 그러고는 내게 또 대답을 요구할거야. 그래요. 나는 죄인이에요, 라고 내가 내 죄를 시인할 때까지, 나의 자백을 받아낼 때까지는 너는 지치지도 않겠지. 나의 자백을 받아낸 뒤에는 너는 나를 설득하려 할 거고. 나는 또 설득당하겠지. 그래야 우리가 한 집에서 같이 살 수 있으니까. 우린 '가족'이니까.

입술이 되어 지껄여대다가 몸통이 되어서 나를 짓이겨대다가 출근 시간이 임박해오자 재빨리 군인으로 되돌아간 남편은 정확히 시간에 맞춰 현관문을 열고 나갔다. 남편은 오늘도 제 시간에 부대에 도착할 것이고 어제와 같은 시간에 귀가할 것이다. 나는 오늘 하루도 어제처럼 어제와 똑같은 시간에 시장에 나가 반찬

거리를 사오고 어제와 똑같은 시간에 저녁을 차릴 것이다.

언제나와 똑같은 일상이라고 하는 보호막을 치고서 나는, 오늘 하루도 무사히! 그렇게 하루가, 이틀이, 젊음이 별 탈 없이 저물어가기를 바라겠지만 그러나 나의 이런 희망이라고 하는 것은 아둔하다 못해 파렴치한 것이었는지도 모른다.

거실 바닥에 나뒹굴고 있는 모조 진주 귀걸이와 반지와 찬의 미소와 그 외에 여러 구질구질한 것들을 바라보며 나는 담배 한 개비를 꺼냈다.

이혼하고 제일 행복했던 순간이 언제였는지 알아? 거실 소파에 탁, 드러누워서 천장에다 대고 연기 내뿜었을 때야. 아, 그때, 그 맛!

거실 소파에 누워 천장에다 대고 담배 연기를 내뿜었다.

아, 이 맛! 이혼녀가 된 듯했다. 거칠 것 없이 자유롭다. 그러나 언제나 꼬리표 하나를 달고 다녀야만 되는 불편함을 감수해야 한다. 자유의 대가로 얻은 이혼녀라는 꼬리표를.

바닥엔 남편의 발바닥 자국이 선명하게 찍힌 까만 벨벳 치마가, 심하게 구겨진 채로 나뒹굴고 있다. 장식장 뒤에 숨어 있던 현이 살금살금 기어 나와 벨벳 치마 위에 가서 앉았다.

"거기가 좋아? 부드럽니?"

무슨 뜻인지도 모르면서 현은 고개를 끄덕거렸다. 왜 나는 고개를 끄덕거리는 어린 아이들만 보면 화가 치밀어 오르는 걸까?

다시 또 한 개비의 담배에 불을 붙였다. 어느새 현이 벨벳 치마 위에 오줌을 쌌다. 오줌을 싸놓고는 재빨리 안방으로 숨어버렸다.

나는 남편의 발자국과 현의 오줌으로 망가져버려 더 이상 윤기라고는 흐르지 않는 벨벳 치마를 오랫동안 바라봤다.

결국, 내가 두려워하던 것은…… 이런 풍경이 아니었을까?

방바닥에 나뒹구는 벨벳 치마와 아이의 울음소리와 저 눈부신 햇빛이 까발리는 그 모든 것들의 남루함을.

그렇다면 왜 나는 이런 풍경을 두려워했을까?

누가, 나에게, 이런 풍경을 두려워하게 만든 걸까?

저녁이 되어 남편이 돌아오면 나는 저 벨벳 치마의 출처에 대해 뭐라고 얘기할 수 있을까?

라틴댄스를 배우다 만난 할머니가 주었다고? 어머니 대신 나를 키워준 할머니의 기억이, 그 촉감이 묻어 있는 유일한 옷이라고? 사실대로 털어놓으면 그래, 당신이란 사람은 참 솔직해. 내 머리를 쓰다듬어줄까?

어쩌면 그럴지도.

키득거리다가 담배 연기가 목에 걸렸다. 심하게 기침을 했다. 눈물이 났다.

"나는 네가 처녀가 아니었어도 문제 삼지 않았어. 과거가 무슨 상관인가, 알려고도 하지 않았고 캐묻지도 않았지. 이 여자가 내 여자다. 이 여자가 내 자식의 어머니다. 나는 너를, 당신이란 여자를 내 가족으로 기껍게 받아들여줬어. 깨끗하지도 않은 너 같은 걸 아내로 맞아들이고 내 아들의 엄마라는 과분한 지위까지 줬더니 네까짓 게 나를 기만해? 내 뒤통수를 쳐? 나 몰래 내 집에서 담배를 피워? 어디서 이따위 짓을!"

남편에게 맞은 뺨이 아직도 얼얼하다.

그래. 드디어 오늘 너는 바지 주머니에 쑤셔두었던 '히든카드'를 뽑아 흔들어 보였어. 완전히 너의 승리야. 그랬겠지. 너는 언제든 마땅한 기회가 오기만을 노리고 있었을 거야. 그리고 오늘 나의 가족인 너는 이제 또 하나의 '히든카드'를 갖게 되었고.

축하해.

그래, 오늘 나는 완전히 링에 뻗어버렸다. 앞으로도 언제든 네 앞에 무릎 꿇을 준비를 하고 있을게. 네가 '히든카드'를 흔들어 보일 때마다 옴짝달싹도 못 하고 너의 영역 안에서 언제까지나 복종하고 감사하며 살아갈게.

'히든카드'를 쥐고 있는 쪽은 내가 아니라 바로 너니까.

히든카드

"나 좋자고 남의 귀한 아들 인생을 망칠 수는 없지 않니?"

엄마는 지금 그걸 말이라고 하는 거야? 주먹을 꼭 쥐었지만 눈시울이 붉어지는 것까지는 막지 못했다.

그러니까 엄마의 말은 남의 귀한 아들 인생을 망칠 수 없어서 자기 딸의 행복을 짓뭉개버렸다는 뜻인가요? 딸의 행복 같은 건 어떻게 되어도 좋다는 건가요?

한 번쯤은 눈감아줄 수도 있지 않아?

"죽어버릴 거야!"

방으로 뛰어들어가 문을 잠갔다. 등 뒤로 손을 뻗어 문고리를 잡고 서서 귀를 기울였다. 방문 밖에서는 아무 소리도 들려오지 않았다. 쫓아와서 머리채라도 휘어잡고 어디서 그 따위 말버릇을 배웠냐고 두들겨 패주기라도 했으면 좋겠다. 그럼 죽기를 각오하고 달려들어 엄마의 얼굴에 생채기 하나쯤 만들어놓을 수도 있을 것 같은데…….

밤새 아무도 내 방문을 열지 않았다. 얼씬거리지도 않았다. 이불을 뒤집어쓰고 울면서도 나는 촉각을 곤두세우고 있었지만.

엄마는 나 같은 건 있어도 그만, 없어도 그만이라고 생각하는지도, 아니 죽어버려도 그만이라고 생각하고 있는 거다.

죽어버릴까?

그래, 차라리 죽어버리자. 방문을 걸어 잠근 채로 꼬박 사흘을 버텼다.

첫날밤에는 그악스럽게 울어댔다. 이불을 뒤집어쓰고 울고 지갑 속 찬의 사진을 들여다보며 울고 벌떡 일어나 벽에다 베개를 집어던지고 떨어진 베개를 다시 주워와 얼굴을 묻고 울고. 밤새 울었어도 나의 눈물샘은 마르지 않았다.

"미안하다."

귓속에서 윙윙대는 쇠파리 소리, 이런 것은 직감의 영역이다. 감히 고개를 들 수도, 찬의 얼굴을 마주볼 수도 없었다. 묵묵히, 고막을 뚫고 들어오는 이명耳鳴을 감내해야 했다.

"너희 어머니…… 아니다, 그만두자. 이런 말을 하고 싶지는 않아. 나, 내달에 군대 간다. 거기서 한 삼 년 썩다보면 괜찮아지겠지? 행복하게 살라는 말 같은 건 너무 통속적이지? 간다!"

툭툭, 찬이 나의 어깨를 툭툭, 두들겼다. 그걸로 끝이었다. 혼자 남아 나는 찬의 그 마지막 행동을 되씹고 되씹었다. 툭툭, 그건 무슨 뜻이었을까? 내 어깨에 달라붙어 있던 먼지들을 털어내던 것처럼 그렇게 가볍게 찬은 자신의 어깨에 달라붙어 있는 나의 기억들 또한 말끔히 툭툭, 털어내고 싶었던 걸까?

너희 어머니. 이런 말. 툭툭. 찬이 내뱉은 말들과 행동, 그것들은 해독이 불가능한 암호들처럼 보였지만 어렵지 않게 나는 그것들을 해독했다. 너희 어머니…… 결국, 답이 뻔한 문제였다.

"그래, 그랬다. 왜? 앞길이 구만리 같은 애를 네가 뭔데 망치려고 들어? 너, 양심이란 게 있니? 양심이 있다면 그럴 수는 없는 거 아냐? 어머니도 얼마나 고상하고 온순하시던지. 나중에 내 손을 꼭 붙들어 쥐고서 고맙다고 하시는데 내가 미안해서 죽을 뻔했다."

엄마는 눈도 깜빡거리지 않았다. 그러면 찬의 어머니까지 만났던 거야? 나는 다리에 힘이 풀려 서 있을 수조차 없었다. 아둔하다 못해 용서가 되지 않을 정도로 멍청한 나를 나는 결코 용서할 수 없으리라.

집 앞 골목에서 찬과 함께 있는 나를 만난 뒤로 엄마는 사사건건 꼬투리를 잡았다. 남자라고 사귀는 것들마다 하나같이 어쩜 그렇게 싹수라고는 없는지. 제 정신 박힌 놈이 머리를 어깨까지 기르고 다녀? 발랑 까져 가지고 어디서 남자를 데리고 다녀도 꼭 저하고 똑같은 것들하고만 다니는지. 쯧쯧, 혀를 차기는 했지만 그저 그런 대로 넘어갔다.

　문제는 엄마가 찬이 일류대학에 다니고 있고 이름만 대도 웬만한 사람들은 다 알 만한 건설업체 사장의 외아들이라는 사실을 알게 된 뒤였다. 쯧쯧, 혀를 차며 눈을 흘기는 대신에 너 같은 게 어떻게 그런 남자애를? 분해서 잠을 이루지 못하다가 훼방을 놓는 것으로는 성이 차지 않았는지 끝내는 박살을 내버리고 말았다.

　얼이 빠진 채로 거실 바닥에 주저앉아 있는 나의 머리 위에다 대고 엄마는 끊임없이 지껄여댔다. 미처 내가 놓치고 보지 못한 일일연속극의 줄거리라도 들려주는 것처럼. 찬의 어머니를 어디서 만났고 무얼 마시며 무슨 얘기를 나눴는지.

　도벽이 있었는데 경찰서까지 넘어가진 않고 무사히 해결됐던 적이 두 번인가 있었다. 고등학교 다닐 땐 담배를 피우다 걸려서 정학을 당할 뻔했다. 가출도 몇 번 했다. 한번은 열흘 만에 붙잡혀 왔는데 집 나가서 며칠 동안 무슨 짓을 하고 다녔는지 알게 뭐냐. 그나마 다행이었던 건 그래도 아직 임신은 한 번도 한 적이 없다.

　"나는 있는 사실 그대로만 얘기했을 뿐이다. 나만 좋자고 남의 귀한 아들 인생을 망칠 수는 없지 않니?"

엄마 말은 다 웃기는 개소리야, 라고 하면 엄마는 또 무슨 말로 나를 설득할 거지? 또 무슨 말로 내 죄를 시인하게 할 거야? 집 나가서 며칠 동안 무슨 짓을 하고 다녔냐고? 그때도 엄마는 내 말 같은 건 믿으려고도 하지 않았어. 아빠도 마찬가지였지. 결국엔 엄마에게 설득당했으니까.

아니라고, 정말은 찬, 네가 나의 첫 남자였다고 너의 바짓가랑이를 붙잡고 매달렸다 해도 너는 내 말을 믿지 않았겠지. 세상에는 딱 두 부류의 인간이 있을 뿐이니까. 설득하는 사람과 설득당하는 사람. 그리고 세상은 이 두 부류의 인간을 공평하게 사랑하지는 않지. 결국에는 설득하는 사람에게 세상까지도 설득당하고야 마는 거야.

그래, 그런 거였어.

이 넓은 세상 어디에도 나 따위가 비집고 들어갈 틈은 없는 거야.

죽자, 죽어버리자, 방문을 걸어 잠근 사흘 동안, 시간이 지날수록 찬이 나를 버렸다는 배신감보다는 엄마에 대한 증오심이 나를 더 괴롭혔다.

어째서 엄마는 나의 행복을 용납할 수 없는지?

딸의 행복을 위해서라면 지나간 나의 비행 같은 것은 묵인해줄 수도 있을 텐데, 도대체 왜?

물음표들이 수없이 쌓여갔다.

사흘째 아침, 문 밖에서 엄마의 음성이 들려왔다.

"굶어 죽으려고? 살고 싶으면 먹어라. 살기 위해서라도 먹어야지. 죽으면 다 소용없잖니?"

방문 안쪽에서 나는 이를 갈았다. 그래, 먹어주자. 죽으면 다 소용없잖아? 방문을 열었다. 엄마는 벌써 식탁에 앉아 있었다. 나는 엄마 앞에 앉아 밥을 먹기 시작했다. 아직도 울먹거림이 진정되지 않은 채로 밥알을 꼭꼭, 참 착하게도 씹었다. 내 몫의 밥을 한 공기 다 싹싹 비웠다. 그런 나를 바라보며 엄마는 간간이 쯧쯧, 혀를 찼다. 엄마의 그 혀를 차는 소리가 내게는 "못난 것!"이라는 빈정거림으로 들렸다.

핏발 선 눈으로 엄마를 노려봤다. 그러나 이미 늦었다. 살기 위해 나는 벌써 방문 밖으로 나와버렸으니까. 다시 방으로 들어가 방문을 걸어 잠그고 단식을 감행한다고 해도 또다시 나는 엄마의 덫에 걸려들 게 뻔했다. 간혹 핏발 선 눈으로 노려본다고 해도 어디까지나 나는 사냥꾼의 덫에 걸린 어린 짐승에 불과할 뿐이니까.

엄마는 정말 유능한 조련사였다. 언제든 호시탐탐 기회를 노리고 있다가 내가 그녀에게서 벗어나려고 하거나 혹은 행복해지려고 하는 순간이면 여지없이 '히든카드'를 하나씩 뽑아들었다. 그럴 때마다 나는 쿵, 하고 나가떨어졌다.

엄마의 화장대 서랍 속에는 수많은 '히든카드'들이 숨겨져 있었고 몇 번인가 치명타를 얻어맞은 나는 나중엔 다시 일어나 싸울 생각 같은 것은 엄두도 낼 수 없게 됐다. 또 어떤 '히든카드'를 들고 나와서 나를 케이오시킬지 상상만으로도 끔찍했으니까.

엄마가 나의 엄마이고 내가 엄마의 딸인 한은, 우리가 같은 집에서 자고 한 솥에 밥을 해먹는 '가족'인 이상은 벗어나려고 해도 벗어날 수가 없다.

"사회성 곤충에 있어서 말벌류 같은 경우, 모녀 혹은 동일 세대 등과 같은 집단을 유지하기 위해서는 어떤 형태든지 상호 간에 질서가 필요하대. 특히 벌의 사회에서 콜로니colony를 통합하는 중심은 여왕이지. 여왕에 의한 일벌 집단의 통합기능을 퀸 컨트롤queen control이라고 부르는데 이러한 퀸 컨트롤의 대표적인 예가 순위에 의한 행동 조절이래. 그게 뭐냐고?

그러니까 이런 거야. 순위가 우위에 있는 여왕이 연속적인 우위 행동을 통해 그의 지위를 유지하면서 콜로니를 통합하는 거지. 뿐만 아니라 같은 계급의 두 개체가 만나게 되면 우위자가 하위자에게 여러 차례 접촉을 반복하면서 자신의 우위성을 표현해.

자신의 우위성을 표현하고 우위를 독점하기 위해 여왕벌은 산란 억제라고 하는 방법을 사용한대. 여러 가지의 공격형 행동을 통해 하위자의 산란을 방해하는 거지. 때로는 영양 거세 등의 방법으로 하위자의 난소 발육을 억제하고, 자기 혼자만 산란활동을 독점하지. 이것은 대부분의 쌍살벌의 모녀 및 동일 세대 공동체 사회, 그러니까 복수 암컷 사회에서 볼 수 있는 형태래. 정말 치졸하고 쩨쩨하지 않니? 게다가 무시무시하기까지 하잖아. 집이라는 걸 가지고 살면서 사회생활을 한다고 알려진 고등 곤충들 말야."

　혜선의 설명은 장황했지만 섬뜩할 만치 정확했다. 혜선의 말대로 엄마와 나, 어쩌면 우리 모녀는 쌍살벌의 모녀이고 엄마와 내가 함께 살던 우리 집, 우리 '가족'은 복수 암컷의 사회와 같은 것인지도 모른다.

　우리가 같은 콜로니에서 함께 공존하는 한은 우위자인 엄마는 하위자인 나의 산란 활동을 언제까지고 방해해야 했겠지. 그 길만이 자신의 우위성을 표현하고 우위를 독점할 수 있는 유일한 방법이었을 테니까. 그러나 그렇게까지 해서 우위를 독점하려고 하는 까닭은 왜일까? 대체 무엇을 얻으려는 거지?

마지막 한 개비의 담배를 꺼냈다. 불을 붙이자 창을 통해 들어온 빛무리가 담배 연기와 어우러져 느리고 몽롱한 춤을 추기 시작했다. 몽롱한 채로 눈을 반쯤만 뜨고 살 수는 없을까?

애석하게도 담배 세 개비를 피우는 데는 삼십 분도 채 소요되지 않았다. 잠시 하릴없이 거실 벽시계를 올려다보다가 주섬주섬 챙겨 담기 시작했다. 화장실에 숨겨두었던 상자는 모서리가 찢겨 나갔다. 남편이 집어던질 때 생채기가 났던 모양이다. 현이 오줌을 싸질러놓은 벨벳 원피스며 망사 팬티며 끼지도 못하는 금반지 같은 것들을 다시 상자 속에 주워 담았다. 상자의 뚜껑을 닫고 나서는 안도의 한숨을 쉬었다. 다행히도 라틴댄스 수강증은 소파 등받이 커버 속에 숨겨놨었다. 소파 커버를 벗기고 수강증을 꺼냈다. 다시 상자의 뚜껑을 열고 수강증과 담배꽁초를 집어넣었다.

어딘가 남이 보지 않는 곳에 가서 태워버려야겠다.

흔적도 남지 않게 말끔히……. 식구들에게는 어떤 말도 통하지 않는 것이다. 그러니까 우리 오늘은 수리 중인 거라고 당치도 않은 희망을 품고 하나둘, 하나둘 내부공사에 열을 올려봤자 달라지는 건 없다. 내장재를 모두 새것으로 바꾼다고 해도 말이다. 우린 시공부터 허술했다. 순간의 방심으로도 얼마든지 쉽게 금이 가버릴 수 있는 집에서 살고 있다는 걸, 깜빡 잊고 있었다.

해야 될 일이 생기자 정신이 번쩍 들었다. 몽롱하게 눈을 반쯤 감고 있을 때가 아니다. 우위를 독점할 수 있는 '히든카드'는 없더라도 더 이상의 '히든카드'를 남편에게 넘겨줄 수는 없다.

어쨌든 나는 이 집에서, 한 '가족'의 일원으로 지내고 있으니까.

비하인드 백

정식 명칭은 'Change of hands behind back'으로 남성이 자신의 등 뒤쪽 허리 부분에서 여성의 손을 바꿔 잡으며 여성을 반대쪽으로 보내주는 피겨다.

Mom's version 1−나의 등 뒤에서

"너, 이제는 남이다 이거니?"

엄마의 전화다.

"엄마는 무슨 말을 그렇게 해. 아빠? 어디 편찮으신 건 아니지?"

"엎드려 절 받는구나. 부모 걱정을 그렇게 하는 애가 저만 잘 먹고 잘살면 그만이고 엄마, 아빠야 얼어 죽든 말든 상관없지. 너란 애는……."

너란 애는……. 엄마의 말줄임표 다음에 이어졌어야 했을 말이 무엇인가쯤은 나도 알고 있다. 나라고 해서 그 정도로 멍청하진 않다. 하지만 그 뒷말을 알고 있다고 해도 달라질 건 없다. 지금까지와 똑같다. 앞으로도 물론.

"목욕탕 수리하는 데 이백까지는 아니고 그 비슷하게 들었으니까 니가 알아서 해라. 돈을 보내든지 말든지 말야. 목욕탕 고친다고 얘기 꺼낸 게 그게 벌써 언제야? 당신들 일이니까 당신들이 알아서 하든지 말든지, 완전히 그런 식 아니니? 전화도 한 통 없고. 이게 남이지 뭐야. 안 그래?"

그렇지 않다고 대답했더라면 엄마는 또 지껄여댔을 거다. 지껄이게 놔두고 싶지 않아서 그래요. 죄송해요, 라고 대답했다. 곧이어 뚜— 전화가 끊겼다.

이번에는 또 돈을 얼마나 보내야 되는 건지, 앞으로도 얼마나 오랫동안, 얼마나 자주 돈을 보내야 되는지. 막막하다. 어느 날 갑자기 배추를 다듬듯이 칼로 싹둑, 베어버릴 수는 없을까?

답은 역시 '노'다.

달아나려고 해봤자 짐을 꾸리기도 전에 들키거나 요행히 도망을 친다고 해도 다시 붙들려 올 것이 뻔하다. 나를 잡으려고 혈안이 된 엄마가 내 등 뒤에서 또 무슨 일을 벌일지 알 수가 없다. 게다다 현장에서 붙잡히기라도 하는 날엔 나의 죄만 무거워질 뿐이다.

엄마는 만반의 준비를 하고 있었다. 붙들리자마자 산부인과로 끌려갔고 담당의사는 아빠의 친구였다. 내가 집을 나가자마자 엄마는 기다렸다는 듯이 아빠의 친구가 운영하는 산부인과를 물색했다. 병원에 끌려갔을 때는 그는 이미 나의 소변을 받아 검사를 해야만 된다고 확신하고 있었다. 나의 등 뒤에서 엄마는 일사불란하게 일을 진행시키고 있었던 것이다. 엄마의 원대로 내가 임신까지 해주었더라면 금상첨화였겠지.

처음엔 믿으려 들지 않았다. 오진일 가능성에 대해 몇 번이나 물었고 엄마의 요청에 의해서 나는 세 번이나 더 소변을 받아줬다. 그래도 결과는 마찬가지였다. 임신이 아니었다. 엄마는 크게 낙심했지만 쉽게 포기하지 않았다.

성관계를 하자마자 바로 결과가 나오는 것은 아니지 않는가, 며칠 뒤에 다시 오겠다, 애는 분명히 아이를 가졌다고 우겨대는 엄마를, 엄마의 낙심한 얼굴을 보고 있자니 괜히 미안해졌다. 당장이라도 나가서 뱃속에 아이를 집어넣고 와야 될 분위기였다.

그렇다면, 하고 말을 꺼내며 아빠의 친구인 산부인과 의사가 자리에서 일어섰다. 피를 뽑자고 했다. 피를 뽑으면 지금 당장이라도 확인이 된다고 했다. 단, 비용이 조금 비싸다, 그래도 괜찮겠느냐? 그런 방법이 있었군요. 돈은 얼마가 들어도 상관없습니다, 엄마는 몹시 기뻐하며 내 옷의 팔소매를 걷어올렸다.

결과를 기다리는 내내 엄마는 내 손을 꼭 쥐고 있었다. 누군가 멀리서 우리의 그런 모습을 바라봤다면 참 사이가 좋은 모녀라고 생각했을지도 모른다.

임신이 아니었다. 엄마는 입을 앙다물었다. 그러고는 잡아먹을 듯이 나를 노려봤고 떨리는 음성으로 말했다.

"제 마음, 선생님은 이해하시죠? 얘가 워낙 행실이 나빠서."

엄마의 깔끔한 뒤처리!

그 뒤로 엄마의 단골 테마는 '산부인과'가 되었다. 열일곱밖에 안 된 계집애가 벌써부터 산부인과를 들락거리다니. 나는 그 말이 죽기보다 싫었다. 얼마 안 가 다시 가출을 했다. 얼마 안 가 다시 붙들려 왔다. 그 길로 곧장 산부인과로 직행했다. 얼마 안 가 엄마의 말대로 나는 정말 "산부인과에나 들락거리는 계집애"가 되었다.

아빠는 이제 아침 밥상에서도 나와 시선을 마주치려 하지 않
았다. 완전한 엄마의 승리였다. 그 뒤로도 몇 번인가 나는 등을
보였고 그때마다 엄마는 재빨리 움직였다. 나의 등 뒤에서 엄마
가 손을 바꿔 잡을 때마다 나는 점점 더 집과는 반대 방향으로
나아갔다. 그리하여 이제 아빠에게는 엄마만이 유일한 그의 '가
족'이다.

Mom's version 2—그녀의 등 뒤에서

스물두 살의 겨울, 치명타를 맞았다. 그때부터 나의 병명은 불
치병이고 내 병의 상태는 회복불능이다. 진단은 내가 내렸다.

내가, 내 몸이 싸질러놓은 것들.
자, 네가 한 짓거리를 봐라! 저것이 나다…….
아이를 지우고 병원 앞에서 토악질을 했던 날. 그날, 나는 나
의 죄를 시인했고 나는, 버림받아 마땅하다고 생각하면서도 집
으로 돌아가는 버스 안에서는 돌아가 나의 이, 무겁고 상처받은
몸을 누일 곳이 있다는 사실에 커다란 위안을 받고 있었다. 어서
집으로 돌아가 쉬자. 한숨 푹 자자. 그러고 나면 또 알아? 지금까
지 그래왔던 것처럼 또 나는 멀쩡하게 일어나 이제까지 그래왔

던 것처럼 또 멀쩡하게 죄를 짓게 될지?

우리 집이구나, 물끄러미 대문을 바라봤다. 대문 안쪽으로 보이는 정원의 풍경은 쇠창살에 가려 세로로 분할이 되어 보이고 있었지만 나는 그 잘려진 풍경의 조각들을 온전하게 하나의 그림으로 끼워 맞출 수 있었다. 정원 안쪽의 새장이며 낙엽이 썩어가고 있는 물웅덩이며 장식용 촛대 안의 타다 남은 초 하나까지.

우리 집이니까.

초인종을 눌렀다. 현관문을 열고 플라스틱 슬리퍼를 찍찍 끌면서 엄마가 나오면 엄마 품으로 뛰어 들어가 엉엉 울어야겠다. 오늘 하루 내가 겪은 억울한 일들을 죄다 털어놓은 뒤에 야단이라도 맞아야지. 실컷 혼이 난 뒤에는 엄마가 떠다주는 시원한 냉수를 한 사발 쭉 들이켜고 내 방에 가서 자자. 못내 걱정이 되어서 내 방까지 따라온 엄마가 덮어준 이불을 머리끝까지 끌어올리고 한숨 푹 자자.

아무 기척이 없었다. 한 번 더 초인종을 눌렀다. 잠시 기다렸다. 아무도 나와주지 않았다. 열쇠로 문을 따고 들어갔다. 엄마는 이제 막 커피를 마시려고 했는지 커피 잔 속에서 스멀스멀 김이 올라오고 있었다. 뿌연 김에 가려 엄마의 얼굴이 잘 보이지 않았다. 그때 벽시계의 뻐꾸기가 튀어나왔고 자지러지게 울어댔다.

뻐꾸기가 울어댄 횟수를 정확히 헤아리고 나서 엄마는 소파에서 일어섰다. 마시려던 커피를 탁자 위에 그대로 남겨두고. 엄마는 내가 몇 시에 들어오나 보려고 커피까지 마시며 나를 기다리고 있었다. 보나마나 이제 엄마는 안방으로 들어가 곤히 자고 있는 아빠를 깨워서는 몽땅 일러바치겠지. 여보, 당신 딸이 지금 들어왔어요. 세상에 지금이 몇 시인 줄이나 아세요? 호들갑을 떨 테지.

쿡쿡, 웃음이 나왔다.

엄마는 안방으로 들어가려다 말고 쫓아왔다. 입술이 온통 일그러져 있었다. 얼굴을 잔뜩 찌푸리고 있어서 입술이 주름들 사이에 파묻혔고 무슨 말을 지껄여대고 있는지 도통 알아들을 수가 없었다. 따귀를 맞았고 그 순간에 귀가 안쪽으로 접혔다가 펴졌다. 나의 청각은 제 기능을 상실했고 뚜우— 하는 신호음을 시작으로 나는 무중력상태로 빠져들어갔다.

무성영화를 보고 있는 것 같은 착각에 빠졌다. 처음엔 키득키득 웃음이 터져나왔는데 시간이 흘러갈수록 웃음소리가 잦아들었다. 소리는 들리지 않았지만 저쪽에서 전달하고자 하는 메시지를 이해하는 데는 아무런 장애가 없었다. 중요한 메시지를 전달하는 데는 소리가 없는 대신 화면 가득 메시지만 뿜어져 나오는 무성영화가 적격이었다.

너란 애는…… 어쩜 그렇게 네 할머니랑 똑같은지. 못된 것만 물려받았어. 정말이지 구제불능이구나.

엄마의 말은 너무 싱거웠다. 나는 고개를 한 번 끄덕거렸고 방으로 들어가 잠을 잤다. 다행히 방은 따뜻했고 이불에서는 쾌적한 냄새가 났다. 한숨 푹 잘 수 있을 만큼.

밤새 푹 잤다. 모처럼 취한 숙면으로 마음까지 개운했다. 삐릭 삐릭 삐리리 삐릭 삐릭 삐― 휘파람을 불었다. 침대 위로 아침 햇살이 쏟아져 들어왔다. 불시에 쏟아져 들어온 햇빛에 눈물을 한 방울 찔끔 흘렸다. 방문 밖에서는 부글부글 찌개 끓는 소리가 들려왔다. 얼마쯤 지나자 내가 누워 있는 침대에까지 김치찌개 냄새가 흘러 들어왔다. 나는 다시 삐릭삐릭 삐리리 삐릭 삐릭 휘파람을 불었는데 어느 순간부터 휘파람 소리가 쇠파리의 윙윙대는 날갯짓 소리로 들리기 시작했고 김치찌개 냄새는 더욱 더 역해졌다.

신물이 넘어왔다. 김치찌개 냄새를 맡지 않으려고 이불을 뒤집어썼지만 쇠파리의 붕붕대는 날갯짓 소리며 먹은 것을 전부 게워내게 만드는 역한 냄새는 조금도 수그러들지 않았다. 한참을 그렇게 이불을 뒤집어쓰고 있으려니까 정신이 몽롱해졌다.

역한 김치 냄새와 쇠파리만 가득한 세상. 이것이 바로 내게 허락된 세상의 풍경이다. 그 어느 날처럼 설움이 북받쳐 올라왔다.

"밥도 안 먹고 잠만 잘 거야? 아빠 나가시는데 얼굴도 안 내밀고. 하여간."

방문 밖에서 들려오는 엄마의 음성. 엄마의 음성을 신호로 나는 언제 그랬냐는 듯이 잽싸게 방문을 열고 나갔다. 하루 종일 엄마 곁을 맴돌며 나는 착하고 말 잘 듣는 딸아이를 연기했고 엄마는 여느 다른 엄마들과 다를 바 없이 다정하면서도 괴팍하고 그러면서도 자식을 사랑하는 어머니를 연기했다.

어느 날 불현듯, "결혼해라." 어처구니없는 명령을 하달받았다.

한숨 푹 자자. 그러고 나면 또 알아? 지금까지 그래왔던 것처럼 또 나는 멀쩡하게 일어나 이제까지 그래왔던 것처럼 또 멀쩡하게 죄를 짓게 될지? 억지를 쓰기에는 역부족이었다. 그땐 이미 치명타를 맞은 뒤였고 나는 회복이 불가능했다. 어쩜 그렇게 네 할머니랑 똑같은지. 나는 그 말이 죽기보다 싫었고 나의 핏속에 흐르고 있을 내 할머니의 그 불온한 유전자들이 두려웠다. 끔찍하게. 그때는 아직, 누가 나를 할머니에게 내주었는가, 라는 것을 따져보지 못했던 것이다.

이름은 김태후. 신장 178센티미터. 몸무게 76킬로그램. 시력

좌 1.5. 우 1.8. 최종 학력은 울산 ○○공업고등학교 졸업. 직업은 군인. 계급은 하사. 평생 끄떡없는 직장을 가졌다. 그러나 장군이 될 가능성은 전혀 없는 사람이었다.

"대학은 못 나왔지만 직장 하나만은 튼튼하잖니? 너는 뭐 볼게 있니?"

엄마의 말에 따르면 이 남자도 나에게는 과분하다는 것이었다. 그러나 어째서? 납득할 수 없었지만 나는 묵묵히 복종했다. 막연하게나마 느끼고 있었으니까. 어차피 나는 정작 내가 원하는 것은 앞으로도 영영 갖지 못하리라는 걸. 그럴 바엔 차라리 다른 쓸데없는 것을 갖기로 했다. 그 편이 훨씬 덜 비참하니까.

결혼해라. 그 말을 순순히 믿었던 나는, 결혼만 하면 우리의 이 악몽 같은 인연을 싹둑, 끊어버릴 수 있을 거라고 믿었던 나는 미련스럽다 못해 욕을 처먹을 만하다.

엄마는 끝까지 나를 쥐고 놔주지 않을 거다. 엄마는 내 앞에 구미가 당기는 미끼를 던졌고 나는 보기 좋게 그 낚싯줄에 걸려들었다. 내가 온전하게 불행해질 때까지 낚싯줄을 잡은 그 손에서 힘이 빠지는 경우란 없을 것이다.

세금고지서들을 모아둔 상자 속에서 소득세 영수증을 찾아냈다. 얼마간의 돈을 대출받기 위해 은행에 갔다.

터닝 베이직, 다시 제자리로

몇 주째 연거푸 라틴댄스 수업에 가지 않았다. 더 이상 금요일은 특별하지 않고 금요일과 금요일을 이어주던 징검다리도 사라졌다. 시일이 꽤 흘렀지만 밤마다 남편은 여전히 잠을 이루지 못하고 아침이면 주머니에 면봉을 챙겨 넣고 언짢은 얼굴로 출근을 한다. 지난밤에 잃어버린 위신을 되찾으려고 부러 더 얼굴을 찡그리는 남편을 봐도 이제는 웃음이 나오지 않는다.

다시 제자리로 돌아왔다.

"어제? 어제는 스위트 하트sweet heart라고 왜 그거 있잖아, 우회전. 우회전한 뒤에 뒤로 돌아서 오른쪽, 왼쪽 팔 벌리고 왔다 갔다 하는 거 배웠는데 어유, 기억도 안 나. 나는 있지 뒤돌아서면 까먹어. 춤 하나를 배워도 소희 씨처럼 젊었을 때 해야 돼.

있지, 저번에 나 얼마나 기분 나빴는지 알아? 글쎄 뚱보가 지가 뭔데 나서서 구정 연휴라고 돈 걷어야 된다는 거야. 걷어서 선생님 드린다는데 안 낼 수도 없고 그래서 내긴 냈는데 나는 괜히 기분 나쁘더라. 왜 지가 나서서 난리야? 지만 잘 보이려고.

다음 주엔 나올 거지? 꼭 나와. 겨울 학기 마지막이잖아. 뒤풀이도 한대. 손 큰 여자가 뭐 인절미를 해온다나 어쨌다나. 반장은 음료수 책임지고. 나는 소희 씨 없으니까 너무 허전해. 현이도 너무 보고 싶고. 알았지? 꼭 나오는 거야."

금방 전화를 해놓고 수화기를 내려놓자마자 후회했다. 더 이상 금요일은 특별하지 않다고 하면서 파리 할머니에게는 왜 또 전화를 했지? 터닝 베이직turning basic 스텝으로 다시 제자리로 돌아오긴 했지만, 다시 같은 자리이긴 해도 회전을 하기 전과 한 바퀴 돌고 난 뒤는 같지 않다, 인가?

그 차이라고 하는 것은 미약하다. 그러나 그 반대일 수도 있다. 인간의 유전자와 원숭이의 유전자가 99퍼센트 일치하지만 나머지 1퍼센트의 다른 유전자로 인해 인간이 될 수도 있고 원숭이가 될 수도 있는 것처럼.

현을 데리고 비디오가게에 다녀왔다. 만화영화 테이프를 빌려왔다. 비디오 한 편을 채 다 보기도 전에 현은 두 번이나 자지러지게 울었다. 요사이 대소변 가리는 연습을 하고 있는데 수시로 실수를 한다. 그러면 나는 그때마다 쫓아가 야단을 친다. 야단을 쳐야 제대로 똥오줌을 가리게 될 테니까.

집 안엔 오줌지린내가 진동을 한다. 걸레를 들고 열심히 쫓아
다니지만 잠시 한눈을 팔기라도 하면 그사이에 어딘가 내 눈에
띄지 않는 곳에다가 오줌을 싸는 모양이다.

Stop & go

록 스텝에 이어 자이브 샤세로 앞으로 나아가는데 발끝을 바
깥으로 해서 오른발 왼발 오른발의 순서로 전진하고 다시 자이
브 샤세 오른발 왼발 오른발의 순서로 뒤로 스텝을 밟는다.
　이때, 제자리에서 무게중심만 이동한다.

마지막 수업

오늘 아침에도 나는 아침을 차렸고 남편은 오늘도 역시 아침밥
을 먹지 않았다. 현관을 나서기 전에 남편의 시선이 잠시 식탁 위
에 고정됐다. 오늘 아침에도 역시 그의 자리에 가지런히 놓여 있
는 그의 몫의 밥 위에. 남편은 나의 이마에 살짝 입을 맞췄다. 아
침이면 남편은 늘 이렇게 흡족해야 한다. 그렇지 않은 아침을 상
상한다는 건 그에게 있어서나 나에게 있어서나 불가능한 일이다.

남편이 나갔다. 그의 등 뒤에서 현관문이 쿵 소리를 내며 닫혔다. 기다렸다는 듯이 아이가 방에서 뛰어나왔다. 아이의 눈에는 기쁨이 가득하다. 심하게 반짝거려서 바라보기가 민망할 정도의 눈이다. 다다다닥. 다다다닥. 안방에서 현관까지. 현관에서 거실 소파 위로. 소파에서 욕실까지. 거칠 것 없이 뛰어다니고 있는 현의 모습은 차라리 경쾌한 음악이다. 경쾌한 음악을 들으며 나는 아침을 먹는다. 밥알을 씹으며 휘파람을 불기도 한다. 삐릭삐릭 삐리리 삐릭삐릭 삐리리 삐리리 삐리 삐—

어느새 휘파람 소리는 잦아들고 나는 입을 일자로 꾹 다문다. 지금 내 앞에 놓여 있는 저 한 그릇의 밥은 어떤 상징이다……. 벌떡 일어나 남편 몫으로 퍼두었던 밥을 밥솥에 쏟아 붓는다. 주걱을 든다. 주걱으로 밥솥에 담겨 있는 밥알들을 찍어 누른다. 주걱에 눌린 밥알들은 일그러진 입술의 형상을 하고 하얀 비명을 내지른다. 밥솥 밑바닥에 누룽지처럼 쫙 달라 붙어버린 밥알들. 보기 좋다.

가능한 한 우악스럽게 밥솥 뚜껑을 닫는다. 이제 어떤, 거대한 상징 하나가 밥솥 안에서 질식사하고 있다. 어쩌면 그것은 살아보려고 버둥거리다가 밥솥 여기저기에 깊은 손톱 자국을 남겨놓을지도 모른다. 어떻게든 살아남겠다고 밥솥을 긁어대는 꼴이라니!

싱크대의 설거지통 속에 주걱을 집어던졌다. 부러뜨려야겠다고 마음만 먹으면 능히 두 동강이 나버릴 수도 있는 나무 주걱이 단단한 강판을 한 대 냅다 후려쳤다.

쟁—.

이것은 얼마나 어처구니없는 소리인가.

몸을 던져 부딪친다는 건…… 그래도…… 참 아름다운 소프라노구나, 나는 서둘러 신발을 신었다.

금요일 아침이다.

아름다운 모녀다. 나비의 의상은 오늘도 역시 아래위 다 벨벳이다. 나비의 딸이자 나비를 보조하고 있는 최 선생도 유난히 벨벳을 좋아하나보다. 매번 벨벳을 입고 나왔다. 어머니와 딸, 저 둘은 생김새는 물론 좋아하는 옷의 취향도 같다. 고급스런 취향이다. 저들을 바라보고 있으면 그리스 신화에 등장하는 미의 여신들을 떠올리게 된다. 자연스럽게.

아름다움. 우아. 기쁨.

미의 여신들이 상징하는 세 가지 덕목을 모두 갖추고 있는 여자들. 아름다운 것보다 강한 것은 없다고 했던가?

쓸쓸하다. 아름다운 모녀를 바라보며 만약, 만약이라는 조건

부사를 달고 있는 내 자신이.

만약에 할머니가 아니라 엄마가 나를 키웠더라면, 엄마의 손에서 엄마가 주는 꿀을 먹고 자랐더라면 어땠을까? 그랬더라도 지금과 같은 모습이었을까? 그랬더라도 저 제비나비 같은 여자들만 보면 그래봤자 너희들 결혼은 못 했지, 심통 난 얼굴을 하고 아이의 얼굴에 묻은 초콜릿 얼룩이나 닦고 있을까?

아닐 수도, 그럴 수도 있다. 할머니가 아니라 엄마의 손에 양육되었다 해도 지금보다 더 형편없을 수도 있다.

내가 못내 아쉬운 건…… 결핍이다. 저 여자들이 누린 것을 나는 누려보지 못했다는 피해의식. 최 선생이 입고 있는 것과 같은 옷을 나는 입어보지 못했고 아름다움은 이 세상 그 무엇보다 강하단다. 최 선생은 귀에 딱지가 내려앉도록 들었을 말을 나는 들어본 적도 없다.

약이 오른다. 엄마는, 나한테는 왜 그런 것들을 주지 않았을까?

꿀벌사회의 일벌과 유충

"그렇담 소희 넌, 너의 경우는 특별하다 이거니? 그건 전혀 그렇지 않아. 이 세상의 모든 어머니들, 아니 아버지들도 마찬가지야. 어머니나 아버지, 그러니까 이 세상의 모든 부모들, 거기다 남편도 추가해야겠지. 그들은 하나같이 한 집에 여왕벌이 두 마리가 되면 어쩌나 전전긍긍하는 일벌이며 여왕벌인 셈이야. 그래, 그렇다면 너의 경우에는 어머니라고 하자. 그러니까 너, 할머니가 아니라 너의 어머니가, 여왕벌이 직접 너를 키웠더라면 너도 여왕벌이 될 수 있었을지도 모른다, 이런 얘기니? 그건 너무 순진한 생각이야.

여왕벌은 일벌과 마찬가지로 같은 유정란에서 나오는 거래. 이 알은 산란 후 삼 일이 경과된 뒤부터 차이가 나타나긴 하지만 여왕벌이 되느냐 일벌이 되느냐를 결정짓는 중요한 요인은 바로 음식물이야. 무얼 먹고 컸느냐에 따라 달라지는 거지. 음식물의 차이로 인해 일벌과는 전혀 다른 체형의 몸으로 성장하게 돼. 우리가 '로열젤리'라고 부르는 거 말야. '로열젤리'라는 특수한 먹이를 먹은 유정란만 여왕벌이 될 수 있는 거지.

여왕벌이란 것들은 병으로 죽든지 수명이 끝나서 죽든지, 상처로 인해 더 이상 산란을 할 수 없게 되지 않는 이상은 절대로 '로열젤리'를 넘겨주지 않아. 제가 건재하는 한은 또 하나의 여왕벌 같은 거 절대로 원하지 않는다고."

그래, 혜선이 네가 옳았어. 누가 키웠든 그건 중요하지가 않아. 중요한 건 '로열젤리'를 손에 쥐고 있는 쪽은 절대로 '로열젤리'를 유충에게 넘겨주지 않는다는 거야.

로열젤리

어느새 나비와 최 선생의 시범이 끝났다.

"오늘은 겨울학기 수업 마지막이니까 저랑 한 번씩 춰봐요. 차례로 한 분씩 앞으로 나오세요. 지금까지 상대가 없이 혼자서만 춤을 추었기 때문에 막상 저랑 같이 추시면 순서도 다 까먹을 거예요. 그게 당연해요. 잘 추면 제가 왜 필요하겠어요? 여러분들 실력은 제가 다 알고 있으니까 주눅 들지 말고 나오세요. 자, 음악 틉니다!"

나비가 손을 내밀었다. 나비의 등 뒤로 음악이 출렁거렸다. 나는, 한 발 앞으로 나아갔다. 저 손을 잡고 싶다, 나비의 손을 잡고 출렁거리는 저 음악 속으로 날아오르고 싶다, 그러나 나의 자리는 교실 맨 뒤쪽 네번째 줄이다. 첫줄에 서 있는 반장이 먼저 나비의 손을 잡고 날아올랐다.

제비나비의 검은 날개에 가려 반장의 날개 같은 것은 눈에 띄지도 않았지만 음악이 한 곡 끝나갈 즈음에는 반장의 날개의 빛깔에도 제비나비의 반짝이는 비늘 가루들이 묻어났다.

'생각보다는 잘 추는군.'

배추흰나비들이 입술을 씰룩거렸다. 하지만 뭐 저 정도는 나도 할 수 있다구, 모두들 제 차례가 오기만을 잔뜩 벼르고 있었는지 반장이 제자리로 돌아오기도 전에 앞다퉈 나갔다. 누구보다도 먼저 파리 할머니가 나비의 손을 낚아챘다. 파리 할머니의 득의양양한 얼굴을 보면서 나는 과연 오늘 한 번이라도 나비의 손을 잡아볼 수 있을는지, 자신이 없어졌다.

교실 앞쪽 전신거울 속의 내 모습을 바라봤다. 나는 오른쪽 언저리에 서 있다. 누군가 중앙에 포커스를 맞춰 사진을 찍는다면 내 모습은 잘려나갈 것이다. 나는 그런 위치에 서 있다.

무릎이 튀어나온 남색 면바지에 언뜻 보면 운동복 상의 같은 라운드 티셔츠를 입고 서서 질끈 뒤로 묶은 머리를 설레설레 흔들고 있는 여자, 저게 나다. 저 속엔 과연 어떤 여자가 숨어 있을까, 아무도 내게 궁금증을 갖지 않는다.

그런 거였나?

웃음이 터져나왔다.

엄마는 늘 나의 커다란 엉덩이를 못마땅해했다. 부도덕해 보인다고 했다. 부도덕이라는 단어의 말뜻을 이해할 수 있는 나이가 되자 나는 나의 커다란 엉덩이가 수치스러웠다. 엉덩이를 가릴 수 있느냐 없느냐가 옷 선택의 기준이 되었다.

나의 엉덩이는 여전히 크다. 예전보다 1.5배는 더 커졌다. 그런데도 엄마는 이제 나의 엉덩이가 부도덕해 보인다거나 하는 말은 하지 않는다. 육십칠 킬로그램의 그저 그런 아줌마가 되고 나서는 나 스스로도 안도의 한숨을 쉬었다. "부도덕"해 보인다는 강박관념에서도 어느 정도 벗어날 수 있었다.

그러나 이번에도 역시 감쪽같이 속았던 거다. 지금 막 우회전을 하고 터닝 베이직 스텝을 밟고 있는 최 선생의 엉덩이는 무지막지하다. 입이 벌어질 만큼 크다. 부도덕해 보이는 선을 넘어서 바라보는 것만으로도 군침이 돈다. 옷 속에 숨겨져 있는 저 여자의 몸은 어떨까, 궁금해 죽을 지경이다.

요즘 엄마는 "부도덕"이라는 말 대신 불거져나온 나의 아랫배를 바라보며 끌끌, 혀를 찬다. "미련스러워 보인다"는 것이다. 정말 그런가? 이제 나는 거울을 볼 때마다 "미련스럽다"는 강박관념에 시달린다.

이제 이만하면 됐겠지, 안도의 한숨을 내쉬려고 하면 엄마는 또 금세 나의 다른 결점들을 들먹거린다. 내가 나의 불완전함에 대해 까먹기라도 하면 그때마다 나의 결점들을 콕콕 건드려서 내게 그걸 다시 상기시켜준다. 그러면 나는 금방 다시 주눅이 들어버린다.

나비는 여전히 배추흰나비들과 교대로 춤을 추고 있다. 간간이 최 선생의 눈이 나비에게 가서 멈춘다. 특히 나비의 팔 동작을 유심히 들여다본다. 어떻게 해도 엄마처럼은 될 수 없을 거야, 엄마를 바라보는 최 선생의 눈빛은 절망이기도 하고 체념이기도 하다.

최 선생이 스톱 앤드 고의 팔 동작을 완벽하게 해냈다. 그 순간의 나비의 눈빛, 굉장했다. 모욕을 당한 사람처럼 눈꼬리가 치켜 올라갔다. 아마도 최 선생이 조금 더 발전해 제비나비를 넘어서 긴꼬리 제비나비가 된다거나 하면 최 선생의 엄마인 나비는 아마 몸져누울지도 모르겠다.

Stop & go

"뭐 해? 빨리 와서 하나 먹어봐."

손 큰 여자가 인절미를 돌렸다.

"있지, 자기 손 큰 여자가 무슨 사업 하는지 알아? 세상에 사업, 사업 하더니 글쎄 그게 시장통에서 하는 반찬가게인 거 있지!"

뚱여사의 입에서 호호호 이상하면서도 흐뭇한 웃음소리가 흘러나왔다. 아마도 뚱여사는 이렇게 호호호 웃으며 흐뭇해하려고 여기에 나오는 모양이다. 하기야 여기 이곳에 나오는 이유는 모두들 제각각이다.

뚱여사는 여기 나와서 남의 결점을 들먹거리는 데서 마음의 위안을 삼고, 파리 할머니는 멋진 모자가 있어도 여기 아니면 쓰고 나갈 데가 없어서 이곳에 나오고, 노처녀로 보이는 아줌마는 가지색 망사스타킹을 신고 싶어서 나오고, 손 큰 여자는 있는 척하고 싶어서 나오고, 또 어떤 여자는 제 몸의 굴곡이 어떤 건지 궁금해서 나오고, 다른 어떤 여자는 정말로 춤을 배우고 싶어서 나온다.

그깟 모자 한번 써보고 싶어서 이런 델 나오는 거냐고 비웃을 수는 없다. 다들 나름대로 절실하다.

"제가 여러분들보다 나을 건 하나도 없어요. 그래도 이거 하나는 꼭 말씀드리고 싶어요. 물론 여기 나와서 일주일에 한 번이라도 이렇게 춤을 추고 아름다워지려고 하는 것도 참 중요합니다. 그런데 그것보다도 더 중요한 건, 여기 이 자리에서 가졌던 그 마음가짐이 일상생활에도 이어져야 한다는 거예요. 춤출 때만 자세에 주의하면서 움직이는 건 별 의미가 없어요. 그럴 바엔 춤을 왜 배워요? 이거 라틴댄스 배워서 프로로 나갈 것도 아니잖아요. 이 춤은 카바레 가서도 못 써먹어요. 그럼 왜 배우는 거예요? 춤은 내가 나 스스로에게 거는 마법이에요.

장 보러 시장 갈 때도 이왕이면 춤출 때처럼 경쾌하게 걷는 거예요. 밥을 할 때도 에라 나는 모르겠다, 꼽추처럼 등 구부리지 마시고 이왕이면 춤출 때처럼 똥배 딱 집어넣고 가슴도 좀 앞으로 당당히 내미세요. 그릇이다 냄비다 왜 싱크대 아래 깊숙이 넣어두고 매번 쭈그려서 그걸 꺼냅니까? 이왕이면 그릇이건 냄비건 다 찬장 안에 넣어두세요. 냄비 꺼낼 때마다 뒤꿈치 바짝 들고 몸을 쭉쭉 펴보세요, 금방 달라집니다. 그렇게 몇 주일만 생활해보면 나 스스로도 놀랄 만큼 아름다워질 수 있어요.

이제부터는 집에서도 스텝을 밟는 것처럼 흥겹게! 아름답게! 그렇게 생활해보세요. 나도 즐겁고 나를 바라보는 주위 사람들도 즐거워져요. 나를 바라보는 사람들까지도 행복하게 할 수 있는 거, 그게 바로 아름다움의 파워 아닐까요?

제가 부탁드리는 건 이거 하나예요. 평상시에도 항상 활기차고 기쁜 마음으로! 춤추는 것처럼!

석 달 동안 수고 많으셨고요, 봄에 꼭 다시 만나는 거예요! 즐겁게 삽시다!"

나비의 말에 모두들 진심으로 고개를 끄덕거렸다. 우리들 가운데 어떤 배추흰나비의 눈에는 눈물이 맺히기도 했다. 나는 나비야말로 프로다, 라고 감탄해 마지않았고 어설프게 프로 흉내를 내다가 쫓겨난 한 여자를 떠올렸다. 그 여자는 엄마 대신 나를 키워준 할머니다.

자신들의 스텝에 너무 열중한 나머지 주위 사람들이 보이지 않게 되면 다른 커플과 부딪치는 경우도 많아진다. 용서를 구하는 것도 초보자일 때 잠시뿐이다.

나의 할머니는 스텝을 밟기 전에 꼭 알아둬야 했을 댄스의 가장 중요한 원칙 하나를 모르고 있었다. 그러니까 결국 어설픈 프로였던 거다.

어린 시절, 내가 할머니에 대해 알고 있는 사실들은 거의 대부분이 추측이었다. 엄마의 입에서 튀어나오곤 했던, 부정하다거나 부도덕하다거나 얼굴값을 했다거나 하는 말들로 미루어 짐작했을 뿐이다.

그런 꼬리표를 달고 집에서 쫓겨날 만한 짓이 과연 무엇이었을까.

추측해보면 답은 대개 이런 것들이었다.

할아버지가 아닌 다른 남자와 바람이 났다거나 춤바람이 나서 가정을 팽개쳤다든가 알코올중독이었거나 그도 아니면 노름빚

이 있었다든가. 어쩌면 춤바람이 나서 벨벳 원피스 같은 걸 입고 카바레에 들락거리다가 낯선 남자를 만났고 그 남자의 노름빚을 갚아주기 위해 생활비까지 빼돌렸는데 그 남자는 떠나버렸고 술에 빠져 지내다가 어느 날 술의 힘을 빌려 이제는 정말 맘 잡고 열심히 살겠다, 속죄하는 마음으로 남편에게 죄다 털어놓았지만 남편은 용서하지 않았다. 어린 시절, 할머니의 부정에 대해 내가 상상할 수 있는 거라고는 고작 그 정도였던 것이다.

할머니는 여러 번 결혼했다. 그리고 아름다웠다. 그녀는 몇 번의 결혼을 통해 아들 하나, 딸 둘을 낳았다. 그녀는 그녀의 아이들에게 각기 다른 아버지를 선물했지만 그녀의 이 특별한 선물을 달가워한 아이는 한 명도 없었다. 그러나 그녀는 아무래도 좋았다. 아직 그녀의 입술은 붉었고 벨벳의 광택은 그녀의 흰 살결을 돋보이게 해주었으니까.

어느 날, 아들이 여자를 데리고 나타났다. 그녀는 아들의 여자가 마음에 들지 않았다. 그러나 왜 마음에 들지 않는지는 그녀 자신도 알 수 없었다. 마음에 들지 않아, 그것이 그녀가 그 둘의 결혼을 반대한 이유였다.

"당신의 반대 같은 건 아무래도 좋아."

아들의 굵은 팔이 여자의 가는 허리를 감싸안았다. 아들과 여자가 사라지고 난 뒤, 그녀는 그제야 거울을 들여다봐야겠다고 생각했다. 그녀의 입술은 까맣게 타들어가 있었고, 벨벳의 광택은 그녀의 얼굴을 가득 메우고 있는 주름을 더욱 우스꽝스럽게 보이게 했다. 결국, 그녀는 깨달았던 것이다. 이제 자신에게 남겨진 것은 시간뿐이라는 사실을.

별 수 없이 나이를 먹어버린 할머니는 용서를 구했다. 그녀가 용서를 구하기 시작하자 그녀의 모든 것이 용서를 구해야 할 죄가 되었다. 그녀는 등이 굽은 노인이 되어 아들의 여자에게도 용서를 구했다. 그녀가 용서를 구하자 아들의 여자는 이제 막 낳은 자신의 딸을 기꺼이 그녀에게 내놓았다.

"어머니가 키워주세요."

그녀는 몹시 기뻤다. 둘 사이에 화해가 이루어진 것이라고 생각했다. 그녀는 자신에게 남겨진 시간 전부를 걸고 아들의 여자가 낳은 여자 아이를 키웠다.

그녀는 믿어 의심치 않았다. 아들의 여자가 낳은 아이. 이 여자 아이가 그녀와 함께 있는 한은 그녀의 남겨진 시간은 안전할 것이라고. 붉은 입술과 벨벳드레스가 젊은 날의 광택을 보장해주었듯이 말이다.

그러나, 나의 할머니는 왜 몰랐던 걸까?

용서를 구하는 것은, 초보자일 때 잠시뿐이라는 사실도, 용서를 구한다고 용서를 받을 수 있는 사람 또한 선택받은 소수뿐이라는 사실도 말이다.

어쩌면 할머니는 자신이야말로 그 선택받은 소수라고 착각했던 걸까?

아닐 수도 있고 그럴 수도 있다. 다만 한 가지 확실한 건 나의 할머니는 어설픈 프로였다는 거다. 어설픈 프로는 역겹다 못해 가증스러워서 나는 나의 기억 속에 남아 있는 그녀의 그 구부정한 등과 주름이 많은 눈물마저도 용서가 되지 않는다.

엄마는 할머니와의 싸움에서 철저하게 이겼다. 할머니가 엄마를 찾아와 용서를 구한 바로 그 순간부터 할머니는 죄를 지은 어머니가 되었다. 아버지조차도 죄를 지은 어머니에게서 비롯된 아들이 되었다. 엄마가 할머니와의 싸움에서 승리할 수 있었던 결정적인 원인이 된 것은 다름 아닌, 할머니 자신이었다. 그리고 할머니가 키워낸 여자 아이, 바로 나였다. 나는 할머니가 키운 아이였다. 나의 말투, 나의 걸음걸이, 나의 눈빛, 나의 모든 것이 이제 할머니의 그것이 되었다. 엄마는 끊임없이 할머니와 아버지와 나를 몰아세웠다.

너희들은 다 구제불능이야.

엄마는 그렇게 연속적인 우위 행동을 통해 할머니를 누르고 여왕벌이 되었다. 할머니를 누른 다음에는 아버지를. 엄마가 지금까지도 여왕벌의 지위를 유지할 수 있는 것은 전적으로 내 덕분이다. 그러니까 나의 엄마는 하나뿐인 자식마저도 여왕벌이 되기 위한 '히든카드'로 내놓을 수 있는 사람인 것이다.

할머니와의 싸움에서 승리한 대가로 엄마가 거머쥔 것은 실은 엄마의 삶을 이루는 모든 것이라 해도 과언이 아닐 것이다. 엄마는 자신이 애써 거머쥔 것들을 절대로 놓치지 않을 것이다. 그래서 엄마에게는 내가 꼭 필요하다. 할머니가 죽어버린 지금, 나는 엄마의 유일한 '히든카드'니까.

그러나 엄마도 모르는 게 하나 있다.

나는 그 누구처럼 어설픈 프로 따위 되지 않을 거라는 사실을 말이다.

그래, 나는 어설픈 프로는 되지 않을 거야.

나는, 혜선이 너처럼 도망치듯 뛰쳐나와 꿀벌이 어쩌고 불평이나 하면서 끊임없이 무언가를 증명해 보이려고 안달을 하지도 않을 거야.

너희들이 내게 '로열젤리'를 주지 않으면 나는 훔쳐서라도 먹겠어. 그러고 나서 나의 몸집이 너희들의 몇 배로 커지게 되면 그땐 말야, 내가 갇혀 있는 이 육각형의 방을 파괴하고 거대한 나만의 콜로니를 형성할 거라고. 너희들이 쯧쯧, 혀를 차고 있는 동안에 어느새 나는 여왕벌이 되어 있을 거야. 그때까지 나는, 나의 이 육각형의 방 속에서 숨죽이고 있겠어. 그래, 그렇게 너무 오래 숨죽이고 있다보면 가끔은 이러다 질식사하는 것은 아닌지 두려워지기도 할 거야.

그럴 땐 더듬이라도 비벼대며 버텨보는 거야. 내 생애 가장 행복했던 순간들을 추억하면서 말이지. 누구나 그런 추억 하나쯤은 가슴에 품고 살아가잖아. 생애 가장 아름다웠던 가을 저녁을. 그 저녁의 나는 이제 어느 곳에도 없지만 그런 건 아무래도 괜찮아. 내가 나의 더듬이를 비벼대는 동안만 내게로 되돌아오는 자유나 위안 같은 것, 그래 그것들은 우스울 만큼 현실감이 없지. 그 정돈 나도 알고 있어. 그래도 그 순간만큼은 그것들이 나의 현실이야.

양팔을 옆으로 쭉— 날개를 들어올리고서 일상의 저 밑바닥에 묻어두었던 기억 속으로 한번 풀쩍 날아올랐다가 내려오는 거야. 그럼 또 얼마간은 버텨낼 수 있어. 그러다보면 혹시 또 알아? 내 몸집이 너희들의 몇 배로 커지기도 전에 나도 혹시 결정적인 '히든카드' 하나라도 쥐게 될지.

난 어설픈 프로는 싫어.

진짜 프로가 될 거야.

그때까진 이 속에 숨죽이고 들어앉아서 내 삶의 베이직에 충실하겠어.

뒤꿈치로 음흉스럽게!

발끝으로 조심스럽게!

바닥에 볼을 비비며 은밀하게!

작품 해설 | 탈주—가족제도와 그 이데올로기로부터

이명랑의 『슈거 푸시』를 읽는 법

장석주(시인, 문학평론가)

이명랑의 『슈거 푸시』를 이끌어가는 일인칭 전지적 시점의 여성 화자가 내뱉는 어조는 매우 가볍고 경쾌하다. 하지만 그 어조의 가볍고 경쾌함으로 착색된 서사의 내용물은 어둡고 무겁다. 결혼과 가족 그리고 모녀관계, 일부일처제에 기반을 둔 결혼제도에 대한 작가의 의식은 부정적이다. 그렇다고 이 소설이 가부장제 가족의 재생산에 그치고 마는 사랑과 성과 결혼의 결합 방식에 대한 전복적 사고를 드러내지는 않는다. 영구적 일부일처제를 깨는 것은 작가의 관심 밖이다. 작가의 관심은 결혼과 가족제도의 당위성이 아니라 그 안에서 움직이는 욕망의 미시생태학과 가족 내부의 파시즘이 작동하는 구조를 향해 있기 때문이다.

가족과 결혼이라는 굴레 속에서 능동성과 의지를 상실한 채 살아가는 여성 화자는 백화점 문화센터의 라틴댄스 강습 수강증을 끊으며 겨우 제 존재 내부에서 고갈되어가는 삶의 능동성과 의지를 확인한다. 한마디로 『슈거 푸시』는 억압적인 가족제도와 그 이데올로기로부터의 탈주에 관한 이야기다. 이 소설에서 가족제도와 이데올로기의 중심에 서 있는 인물은 엄마다. "엄마가 나의 엄마이고, 내가 엄마의 딸인 한은, 우리가 같은 집에서 자고 한 솥에 밥을 해먹는 '가족'인 이상은 벗어나려고 해도 벗어날 수가 없다."(187쪽) 엄마는 가족의 파시즘 체제 속에서 스스로 여왕벌이 되어 군림하는 존재다. 그 위계의 우위성을 지키기 위해 영양 거세 등의 방법으로 하위자의 난소 발육을 억제시키고 자기 혼자만 산란 활동을 독점한다. 엄마는 퀸 컨트롤을 통해 가족 위계를 통제하고 질서를 유지하는 주재자다. 소희는 엄마의 통제와 억압의 시스템인 가족에서 탈주를 시도하는 인물이다. "너희들이 내게 '로열젤리'를 주지 않으면 나는 훔쳐서라도 먹겠어. 그러고 나서 나의 몸집이 너희들의 몇 배로 커지게 되면 그땐 말야, 내가 갇혀 있는 이 육각형의 방을 파괴하고 거대한 나만의 콜로니를 형성할거라고."(218쪽) 라틴댄스의 동작과 스텝들은 그 탈주의 메타포들로 차용된다. 이 소설이 흥미로운 것은 성의 억압이 가족제도의 권위와 규율에 의해 자행되고 있다는 점과 결국 영속적 일부일처제라는 가족제도가 국가의 구조와 이데올로기를 제조해내는 공장이라는 사실을 은연중 드러낸다는 점이다. 몇 개의 주요 코드를 통해 이 소설을 들여다보자.

1)가족: 가족은 성소가 아니다. 가족은 과잉 검열과 배제의 원리가 작동하는 이데올로기의 장이다. 소희가 가출했다가 돌아올 때마다 엄마는 번번이 산부인과로 끌고 가 임신 진단을 받게 한다. 과잉 검열의 단적인 예다. 가족주의라는 이데올로기는 폭력과 소외라는 방식으로 강화된다. 가족의 내부에서 증식하는 질병들은 그 이데올로기의 결과들인 것이다. 카프카의 문제적 단편 「변신」은 가족이 마피아 집단과 마찬가지로 이익-착취-폭력에 의해 서로 얽혀 있는 더러운 관계임을 폭로한다. 이성이 작동하지 않는 본능이라는 외피를 한 꺼풀 벗겨내면, '가족'이 먹고-먹힘의 폭력적인 관계와 무관하다는 이 불변의 이데올로기와 신화가 사실은 임시방편적이며 허구적인 것임을 단번에 드러낸다. 엄마는 자기를 배척했던 할머니를 배척한다. 소희의 양육을 할머니가 맡았다는 이유로 친딸임에도 소희를 할머니와 동일시해서 배척한다. 소희네 가족 구조는 비은폐적 차원에서, 혹은

공공연하게 드러내놓고 억압과 폭력으로 자기동일성을 유지하는 유기적 조직체임을 드러낸다. 「변신」의 그레고르의 예가 극명하게 드러내듯이 가족은 배제와 차별화의 원리에 의해 움직이며, 온전히 너-자신이 되는 것, 네가 원하는 것을 할 수 있는 자유를 억압하며, 공공연하게 희생을 강요한다. 소희가 백화점 문화센터의 라틴댄스 반에 등록하고 춤에 빠져드는 것은 그 억압과 희생에 대한 반동이다. 소희가 추는 춤은 단순한 춤이 아니라 잃어버린 자유와 자율성에 대한 갈구의 몸짓인 것이다.

흔히 가족에 대한 희생은 윤리라는 대의로 포장되고 사회의 모범적 준거로 성화聖化된다. 가족 내부에서 합의된 대의는 거스를 수 없는 윤리적 강령으로 한 개별자의 취향과 선택을 집어삼킨다. 가족 내부에서 이렇게 간접화된 폭력의 양태를 찾아보기란 어렵지 않다. 그레고르는 허구적 서사의 공간에서만 있는 것이 아니다. 한국의 가족은 충분히 건강한가?

2)가족은 지옥이다: 작가는 '꿀벌사회의 일벌과 유충'이란 소제목의 서사 안에서 다음과 같은 언술을 남긴다. "여왕벌이란 것들은 병으로 죽든지 수명이 끝나서 죽든지, 상처로 인해 더 이상 산란을 할 수 없게 되지 않는 이상은 절대로 '로열젤리'를 넘겨

주지 않아. 제가 건재하는 한은 또 하나의 여왕벌 같은 거 절대로 원하지 않는다고."(206쪽) 소희는 엄마에게서 끊임없이 부도덕하다는 혐의를 뒤집어쓰고 구박과 냉대를 받는다. 그것은 한 가족 내부에 두 마리의 여왕벌이 있을 수 없다는 원리로 설명된다. 여왕벌은 주체적 삶에 대한 은유다. 소희가 백화점 문화센터에서 익히는 라틴댄스의 스텝은 자아를 오랫동안 옥죄어온 가족 파시즘에서 벗어나와 여왕벌로 날아오르기 위한 준비인 것이다. 사람들은 오랫동안 '가족'이 혈연이라는 울타리에 의해 보호받는 천국이라고 말해오고 그렇게 믿어왔다. 그 울타리는 경계의 안쪽이 공공의 영역에서 발생한 위험과 폭력들을 방어하며 비폭력적 관계로 서로를 보호하고 보존하는 개인의 영역, 사적인 영역임을 뜻한다. 카프카는 가족에 대해 어떻게 생각했을까? 『아버지께 드리는 편지』에서 이렇게 쓴다. "전형적인 하나의 가족이 의미하는 것은 일단 동물적인 관계다." 가족이란 서로가 서로를 구순기적口脣期的 욕망의 빨아들임으로 체화된 관계, 서로가 서로에게 빨아들이는 "검은 구멍"이 되는 관계다. 그 빨아들임은 가족의 울타리를 벗어나 탈주의 선을 타기 전에는 끝이 나지 않는다.

3)엄마는 왜 소희의 육아 의무를 할머니에게 떠맡겼을까?: 어린애의 입술은 나무가 뿌리를 통해 대지의 자양분을 빨아들이듯 엄마의 젖을 물고 모체 안의 질료적 흐름들, 즉 자양분을 빨아들인다. 어린애의 입술은 대지인 모체 안의 질료적 흐름을 빨아들이는 뿌리의 입술이요, 세상을 향해 벌린 "검은 구멍"이다. 어린애란 무엇인가? 어린애는 좋은 어린애와 나쁜 어린애로 나뉘지 않는다. 왜냐하면 어린애는 도덕과 윤리로 포획되기 이전이기 때문이다. 어린애는 오직 "내재적 삶의 횡단들"이다. 어떤 어른들은 어린애-되기라는 역-탈주의 선을 타기도 한다. 어린애-되기는 반反-기억을 전제로 한다. 반-기억이란 기억의 연속성을 끊는 것이다. 절단한 그 지점에서 기억의 흐름은 역류한다. 노인들의 치매는 기억의 퇴행성 장애이기보다는 반-기억의 대표적 표상이다. 그때의 반-기억은 어린애로 회귀하려는 무의식에서 일어나는 피암시성 혹은 무의식의 날조를 표상한다. 반-기억이란 기억의 잃어버림이 아니라 기억의 배치를 바꾸는 것, 기억의 질료적 흐름들의 체계를 어린애-되기에 맞게 재배치하는 것이다.

이 소설에서 엄마에게서 할머니에게로 건너간 육아의 의무는 비틀린 관계를 풀기 위한 하나의 희생 제의다. 처음에 제 아들의 짝으로서 온 엄마를 할머니가 배척함으로써 두 사람의 관계는 비틀린다. 이 비틀린 관계의 책임을 자각하고 할머니는 엄마에게서 손녀의 육아를 자발적으로 위탁받는다. 할머니와 엄마는 이 육아의 위탁과 수탁을 통해 구원舊怨을 해소하지만, 결과적으로 소희는 엄마에게서 소외된다. 어린애는 자라면서 모체 안의 질료적 흐름뿐만 아니라, 모체 바깥의 외연들, 즉 무상으로 주어지는 엄마의 돈과 시간과 관심과 원조를 빨아들인다. 이 빨아들임은 상호적이다. 엄마가 어린애에게 항상 주기만 하는 존재는 아니다. 엄마는 어린애에게 투사한 자신의 숨은 욕망을 빨아들인다. 어린애는 엄마의 이상적으로 복제된 자아, 무상적 고통에 대한 포상襃賞이다. 울고, 웃고, 찡그리고, 똥오줌을 싸고, 잠자는 어린애는 엄마에게 더럽혀지지 않은 본능과 충동만으로도 경이의 세계, 모든 잃어버린 것의 원형, 시원적인 것의 신비를 표상한다. 어린애는 새와 같이 지저귀고, 나무의 순과 같이 돋아나며, 맑은 샘물과 같이 끝없이 솟아난다. 어린애, 이 유동성과 가변성의 천재는 천 개의 표정을 지어 연기할 수 있는 배우다. 엄마가 요구하는 모든 배역을 훌륭하게 소화해내는 만능배우인 것이다. 엄마는 어린애의 몸짓 하나하나를, 옹알이들을, 다양한 표정들을, 심지어는 어린애가 방금 눈 똥과 오줌마저 빨아들인다. 실은 몸짓, 옹알이, 표정들의 이면에 숨은 갓 피어나는 평화와 기쁨들을, 태어나는 시를, 풍부한 미지의 꿈과 잠재성을 빨아들이는 것이다. 실제로 엄마들은 빨아들임의 겨움으로 어린애들을 물고 빤다. 소희와 엄마는 이 상호적 관계의 단절을 원죄처럼 안고 있다. 그래서 엄마는 갖은 구실을 만들어 친딸을 구박하고 소희는 그것을 묵묵하게 받아들인다.

어린애의 유일한 취약점은 거부할 줄 모른다는 것이다. 소희는 부당하게 구박하고 착취하는 엄마를 배척하지 못한다. 정서적·정신적으로 엄마의 영향력을 벗어나지 못한다는 점에서 소희는 영원히 어린애다. 엄마는 영원히 성숙하지 않는 어린애인 소희를 배타적으로 독점하며 혹사시킨다. 엄마는 소희의 뜻을 무시하고 결혼도 제가 고른 짝과 시킨다. 그리고 끊임없이 요구하고 투정을 부리고 화를 낸다. 엄마는 화가 잔뜩 나 있다. 그 까닭을 묻는 소희에게 말한다. "뭐가? 몰라서 물어? 너란 애는…… 정말, 도저히 정을 줄래야 줄 수가 없어." 엄마의 거듭되는 이 비이성적 폭력에 소희는 피동적으로 반응할 뿐이다. "이런 식의 말, 이젠 상처가 되지도 않는다. 자주 곪았다 터진 상처들로 내 마음에는 오래전에 굳은살이 박였다. 약간 언짢을 뿐이다."(91쪽) 소희는 엄마의, 엄마에 의한, 오로지 엄마를 위한 당원, 세포조직, 어릿광대다. 어린애를 안고 어르는 엄마의 얼굴에 떠오르는 충만한 기쁨과 만족감, 엑스터시로 모호하게 빛나는 눈동자는 그 빨아들임이 일으키는 최면의 효과다. 엄마는 어린애들에게 빨아 먹힌 것보다 더 많은 것들을 빨아들인다. 더 많이 빨아 먹힌 엄마는 텅 빈 "검은 구멍"을 채우기 위해 더 많이 빨아들인다. 그것은 욕망의 도덕성과 상관없는 것이다.

　엄마-어린애는 서로의 빨아들임을 인식하지 못한다. 엄마-어린애는 심리적으로, 그리고 피암시성의 범주에서 신체적으로 하나다. 어린애는 모체를 빨아들이는 저의 "검은 구멍"을 "검은 구멍"으로 인식하지 못한다. 그것은 다만 작고 어여쁜 입술일 뿐이다. 그것은 어린애가 모체에서 탈영토화되기 이전, 아직은 지층화되어 있는 상태이기 때문이다. 어린애가 엄마라는 지층에서 벗어나는 것은 사춘기 무렵이다. 아이들은 엄마에게 말하지 못하는 비밀들을 만들며, 방문을 걸어 잠그고 저의 몸-방을 엄마라는 중심-지층에서 탈영토화한 무의식의 공간으로 치환한다. "검은 구멍"들은 상호적 빨아들임의 관계에 작용하는 미시정치학을 보여준다. "검은 구멍"은 빨아들인 질료적 흐름들, 욕망들을 하나의 존재 안에서 재배치한다. 재배치된 분자적 욕망들은 신체적 변환과 비신체적 변환의 자원으로 축적된다.

4)소희는 왜 남편 몰래 담배를 피울까?: 담배는 자아의 욕구와 실제의 삶 사이에 분열된 채 살아가는 소희의 도락이고 심리적 도피처다. 소희는 남편 몰래 담배를 편다. "나는 왜 내 집에서 거실 소파에 편안히 앉아 음미하듯이 담배를 천천히 피울 수 없는 걸까? 그렇게 살고 있는 년들이 무지무지 부럽다."(125쪽) 소희가 담배에 집착하는 것은 그것이 평화와 안락을 주기 때문이다. 담배와 열다섯 살 여름 문방구에서 훔친 앙증맞은 모조 진주 귀걸이 한 쌍, 열일곱 살 수입상가 속옷 코너에서 훔친 분홍색 망사 팬티, 스무 살의 봄 찬이 끼워주었던 큐빅이 세 개 나란히 박혀 있는 14K 금반지는 한 의미의 맥락에 수렴된다. 그것들은 한 상자 속에 들어 사람들의 눈길이 닿지 않는 곳에 숨겨져 있다는 것도 상징적이다. 찬에게서 받은 금반지를 빼고는 다 훔친 것들이다. 이 도벽은 "그때마다 나는 내가 아닌 '나', 여기 살고 있는 '나'가 아니라 여기 아닌 다른 저기에서 살고 있는 '나'가 되고 싶"(127쪽)은 욕망과 맞닿아 있다. 담배와 최초의 성적 욕구, 자위 그리고 마약 중독들은 모두 원초적인 욕구와 관련된다. 담배를 입에 물고 빠는 행위는 우리의 무의식 속에 숨은 구순기적 충동과 연관된, 일종의 타자를 필요로 하지 않는 자기성애적인 대체 행위다. 담배를 빨며 느끼는 달콤한 쾌락과 마음을 진정시

키는 효과는 엄마의 젖을 빨며 느끼는 욕구의 충족, 성감대 역할을 하는 입술에 새겨지는 쾌락과 같은 외부 자극이다. 성의 목적은 외부 자극으로 촉발된 성적 긴장과 흥분을 진정시키고 새로운 만족을 찾는 것이다. 흡연 습관이 그토록 질기게 사람을 잡아끄는 것도 그것이 중독성이 있기 때문이지만, 아울러 무의식적으로 자기성애적 본능과 깊이 결부되어 있기 때문이다. 담배는 프로이트의 정신분석학에 따르자면 여성의 남근적 대체물, 영원한 결핍의 표상이다. 그래서 프로이트는 담배를 "여성 성기를 연상시키는 빈 구강을 꽉 메운 담배는 거세의 위협에 대한 승리의 징표"로 받아들였다. 연기를 내뿜으며 타오르는 담배는 타오르는 남근이요, 한 줌의 재로 소멸하고, 재떨이에 남은 부분을 비벼 꺼버릴 때 담배는 거세된 남근의 상징이다. 소희에게 담배는 잃어버린 꿈과 사랑의 원형이다. 나중에 이것은 라틴댄스의 슈거 푸시 동작으로 대체된다. "거울 앞에 서서 나는 거울 속의 나를 똑바로, 뚫어지게 바라본다. 거울 속의 나에게 손바닥을 내민다. 거울 속에서 나의 손바닥이 나의 손바닥과 만난다. 거울 표면에 손바닥을 붙인 채로 팔을 옆으로 벌린다. 거울 속에서 이제, 나의 가슴이 나의 가슴과 겹쳐진다. 내가 나와 하나가 된다."(90쪽) 나-주체의 본능과 의지와 타자-사회의 규율적 욕구 사이에서 분열된 채 찢겨 있는 '나'는 춤을 통해 하나가 된다.

5)소희는 왜 백화점 문화센터를 갔는가?: 일상이란 심연과 이면 없는 매트릭스, 위조된 현실이다. 내부 없는 외부, 전자 사막, 상하 좌우를 구분할 수 없는 순백색의 공간이다. 메타언어들과 기호들의 소비가 일어나는 곳. 이것에서 보고 듣고 만지고 느끼는 모든 것들은 진부하고 몽환적이다. 우리는 현실과 시뮬레이션의 경계를 지나간다. 우리가 보는 것은 모두 헛것들이다. 헛것들의 실재. 그러므로 우리가 씹는 스테이크는 사실은 스테이크가 아니다. 실재보다 더 똑같이 위조된 스테이크, 스테이크의 이미지다. 우리는 진짜 스테이크보다 위조된 스테이크에서 더 만족감을 느낀다. 이 지각의 왜곡은 어디에서 비롯되는가? 우리를 기만하는 것은 바로 우리 자신이다. 거기에는 죽은 자도 산 자도 없다. 오직 좀비들이 어슬렁거릴 뿐이다. 살아 있어도 죽어 있는 자들. 그러므로 좀비는 죽지 않는다. 좀비는 분해될 수 있을 뿐이다. 누가 우리를 좀비로 만들었는가? 우리를 기만한 것이 우리였듯이 우리를 좀비로 만든 것도 다름 아닌 우리들이다.

거기는 안/밖이 지워져 있기 때문에 외부로 빠져나갈 탈주선들이 없다. 거기의 외부로 뻗어 있는 무수한 탈주선들이 없는 것은 아니다. 그러나 탈주선들은 실재를 실재보다 더 똑같이 복제한 시뮬라크르의 중심을 지난다. 탈주선들은 실재의 흔적, 가짜, 혹은 이미지들인 것이다. 거기는 뫼비우스의 띠와 같은 구조로 되어 있다. 밖으로 탈주했다고 생각하는 순간 그 밖은 안이 된다. 거기는 반복과 순환이며, 오로지 이 순환을 감싸는 더 큰 순환이 있을 뿐이다. "시작은 언제나 다시 시작하는 것이고 또다시 태어나는 것이다." 탈현대사회에서 삶의 지속성과 일과성을 지배하는 것은 불멸의 시간, 되풀이의 시간, 세속의 시간이다. 우주의 시간은 오래전에 막을 내렸다. 인간-신의 분리, 인간-자연의 분리가 갈수록 심화되고, 인간은 거기의 사막에서 표류한다. 신과 자연이 추방된 빈자리를 메우는 것은 거기며, 그 밑에서 그것을 구조화하는 것은 기원 없이, 혹은 기원이 모호한 곳에서 만들어진 조직, 계획이다.

　일상이라는 평면은 순환하는 체계 속에 놓여 있고, 그 반복 속에서 주체의 꿈과 상상을 갉아먹는다. 속으로는 고갈되지만, 겉으로는 반복의 포만감 때문에 숨 쉬기가 어려워진다. 그러므로 일상에는 외관상의 드라마가 만들어지지 않는다. 평면 밑으로 가라앉은 크고 작은 힘들은 수시로 '나'를 공략하고, 마지막 한 점 활력까지 고갈된 '나'는 사물화된다. 그리하여 일상은 주체의 죽음을 먹고 나날이 더욱 공고화된다. 사물화와 싸우려는 자들은 도피의 꿈을 쫓게 되는데, 그 도피는 첫번째로 백화점과 같은 스펙터클한 공간에서 시간 보내기 등으로 나타난다. 도시공간의 정치학에서 보자면 백화점은 욕망을 생산하는 곳, 욕망을 소비하는 공간, 놀이의 공간이다. 백화점에서 눈으로 화려한 전시물품들을 둘러보고 몇 가지의 물건들을 구매함으로써 일상성이 질식시킨 몽환적 꿈과 열망의 일부가 되살아난다. 환상을 쫓는 도피와 비일상 세계로의 꿈은 소비행위보다 더 높은 단계에서 연극이나 영화, 고가구, 미술품, 예술의 향유, 교회나 절의 종교적 의식에 참여하기와 같은 문화적 욕구, 종교적 욕구를 통해 표출된다.

일상은 개체의 평화와 안정을 공고하게 하기 위해서 개체의 영토성에 매몰시켜 자발적인 고립을 초래한다. 일상은 내 것, 다른 개체와의 임계적 거리를 갖는 것, 그리하여 영토화된 것이다. 이 영토에 타자가 함부로 들어올 수 없다. 영토성의 주장은 동물에게 하나의 본능으로 새겨져 있다. 개들은 여기저기 제 활동영역의 경계에 오줌을 뿌리고, 새들은 울음소리를 내고, 다른 동물은 나무에 몸을 비벼 털과 냄새를 남긴다. 이 영토는 공공성을 갖지 않는 노동과 비밀들, 즉 사생활로 채워진다. 이 영토 안으로 다른 개체가 무단침입할 때 동물들은 저마다 특유의 경고신호를 보내고 공격적인 행동을 한다. 모든 영토들은 반드시 지표를 갖는데, 일상의 표면적 지표는 '개인'이며, 독립성과 자율성은 일상의 내부로 잠복한 지표들이다. 일상이 근대적 자본주의의 산물이라는 것은 일상이 이성에 대한 근대적인 가치부여라는 점에서 분명하다. 일상이란 한껏 웅크린 개인들, 지층화한 활동들에서 나타난다. 한껏 웅크림은 힘과 속도들이 생성을 위한 탈주선들을 모색하지 않으며, 새로운 배치를 만들지도 않고, 오로지 소유를 형성하는 작용을 한다. 일상에 갇힌 사람들은 사물들과 타인들, 혹은 관계들에 자기 것임을 표시하는 서명을 하고 깃발을 꽂는다. 이렇게 지층화하는 것들의 증가로 말미암아 일상은 점점 빽빽해지고 무거워진다.

일상에서 평화와 안정을 구하는 일상적 자아의 정체성은 내부의 힘과 속도들을 끊임없이 지층화하는 나무에게서 발견할 수 있다. 나무는 정태적 존재를 가리키는 원형적 심상이다. 소희는 백화점에 들렀다가 우연히 문화센터 겨울방학 프로그램 전단을 받아들고 그 나무의 심상과 만난다. "나무. 나무는 내게 언제나 하나의 의미로 다가온다. 완전한 침묵. 고요. 그리고…… 그리고…… 사랑./나는…… 어떤 나무를 한 그루, 만졌더랬지. 무수한 가지들을 제 밑동보다도 더 굵게, 더 풍성하게 만들어 어딘가, 이곳이 아닌 저 어느 곳을 향해 떠나보내고 있던 그 나무는, 그 나무의 줄기는 대지 쪽으로 내려갈수록 빈약했다. 우연히 그 나무의, 그 곧 부러질 듯한 밑동을 보게 되었을 때 나는 뛰어가 그 나무의 버팀목이 되었다. 내가 그 앞에 서서 내 등을 내밀었을 때, 어디선가 바람이 불어왔고 바람에 실려온 그 나무의 무수한 가지들이 내 등을 감싸 안았다. 나는 지금도 그 촉감을 기억한다. 허름하고 외진 들판에 스며드는 저물녘과 같이 내 몸에 깃들던 그 손길을. 그 손길 아래서 내 몸은 물기를 되찾아갔었지……"(13쪽) 그 나무의 내면에는 수없이 많은 눈[目]들이 있다. 그 눈들은 저의 삶 밖에 있는 무수한 길들을 본다. 대지에 뿌리를 박고 서 있는 그 나무의 내면에는 '불'이 타오르고 있다. 불은 타오르는 현존의 표상이면서, 아울러 이 삶이 아닌 저 삶을 살고 싶다는 강렬한 무의식의 욕망을 보여준다. 불은 팽창과 파열 그리고 질적 변화를 이끈다. 나무 속의 불이 커질 때 나무는 나무 아닌 것, 탈주선을 내면화한 나무가 된다. 불을 갖지 않은 나무란 무, 부재, 아무것도 아닌 것이다. 오로지 불을 가진 나무만이 나무에 속박되어 있되 끊임없이 그것을 벗어나고자 하는 불의 날개의 꿈을 꾼다. 벗어나기 위해서는 가벼워져야 하고 불의 날개를 얻어야 한다. 나무 속에 있는 불의 솟구침은 존재의 솟구침이며, 그것의 현실적 표상이 춤이다. 춤은 억압적 가족과 그 이데올로기로부터의 해방과 우화羽化에의 동경이다. 나무는 이미 내부에 불을 가진 나무, 점에서 선으로 나아가는 나무, 하나의 부동성에서 무수한 탈주선으로 분화하는 나무, 뿌리를 가진 새의 기호가 된다. 제 안의 힘과 속도들로 저를 태우며 나아가는 나무는 수목형의 나무가 아니라 불의 나무에 속한다. 불의 나무는 대지에 속박되어 있되 제 힘과 속도들로 저를 태우고 불의 종달새, 불의 피닉스가 되어 창공을 날고 있다.

본디 나무는 모성의 영역인 대지에 뿌리를 내린, 태생적으로 유목의 운명을 거부하는 붙박이의 존재다. 나무는 양육자인 어머니의 대지로부터 수유를 받으며 몸피를 키우고 잎과 열매를 피워낸다. 저 나무의 붙박이 운명의 건너편에 있는 유목의 운명은 어린아이의 것이다. 한편으로 나무의 부동성은 열린 소통의 세계로, 타자의 세계에로 나아가기 이전의 완강한 고립과 자폐성을 드러낸다. 암중모색하는 어린아이가 빛의 세계로 나아가기 위해서는 계몽의 기획이 필요하다. 깊은 밤의 정수리에서 암중모색하는 어린아이는 제 몸의 기름을 태우며 무엇인가 골똘히 생각에 잠겨 있다. 이미 그 내면에서 변화의 활발한 조짐들이 일어나고 있다. 어린 자아는 나무의 어둠 속에 일어나 '불'의 세계로 나아간다. 불은 타오르는 현존의 상징이다. 바로 철학자 바슐라르가 명제화한 "체험한 불"이다. "응시되고 명상된 불꽃으로 내면적 풍요를 만드는 것, 따뜻하게 해주고 환하게 비춰주는 화덕으로, 소유된 불, 은밀하게 소유된 불을 만드는 것, 이것이 바로 체험한 불의 심리학이 연구해야 할 존재의 영역이다. 이런 심리학은, 이미지들의 통일성을 찾아낼 수만 있다면, 어떤 우주의 힘들의 내면화를 묘사할 수 있을 것이다. 이미지들, 즉 불, 불꽃들, 불길, 불덩어리들이 제공하는 이미지들을 체험할 것을 받아들이기만 하면, 곧바로 우리는 우리 자신이 생동하는 불이라는 것을 의식할 것이다. (중략) 사람들이 상상할 때, 실체는 너무 멀리―우리 바깥에서 너무 멀리, 그리고 우리 안에서 너무 멀리―있어, 상상력은 형용사들의 유동성에서 더욱 잘 작용한다. 그러므로 체험한 불은 경험적 시간을 지칭할 수 있을 것이며, 흘러가고 넘실거리는 삶을, 또한 솟구치는 삶을 따라갈 수 있을 것이다. 불의 일시적인 삶을 수평적 평온을 거의 알지 못한다. 불은, 그 고유의 삶에서, 항상 어떤 솟구침이다. 불은 사그라질 때에야 비로소 수평적 온기가 되고, 여성적 온기 속에서 부동성이 되는 것이다."

나무들은 더 이상 수목화되고 뿌리내린 것도 아니며 따라서 수목화된 도식에 따라 나아가지 않는다. 그것은 "나무-점이나 뿌리를 이루는 수원水源이 아니라 강으로 행동한다. 그는 나무 아래 앉기보다는 물과 함께 흘러간다. 그리고 부처의 나무는 그 자체로 리좀이 된다."(들뢰즈·가타리, 『천 개의 고원』) 일정한 거리를 두고 대상을 완벽하게 장악하고 자아의 경계 안에 삶과 타자, 그리고 곤고한 현실을 놓아두려는 욕망을 포기할 때 마음은 오히려 조급한 욕망의 감옥으로부터 풀려난다. 마음이 내달려온 막다른 지점에 이르러 자아는 더 이상 어쩔 수 없음으로 슬쩍 물러난다. 그때 욕망과 목전의 필요에 허덕이던 축생畜生의 삶, 삶의 내면으로 지층화되어 있는 과잉 검열과 가족의 바깥에 대한 배제의 원리로 작동하는 가족제도와 그 이데올로기를 가로질러 나가는 것이다. 춤은 욕망에 대한 금지와 억압에 대항하는 쾌락의 욕구를 표현한다. 그것은 잃어버린 자유와 자율성의 지표다. 객체화된 존재가 주체화되는 지점에 춤이 놓여 있다. 그래서 춤은 "내가 나 스스로에게 거는 마법"(212쪽)이다. 소희는 "아름답다는 건 내가 나 스스로 나만의 빛을 발하는 거"(90쪽)라고 생각한다. 라틴댄스는 불을 가진 나무가 되는 것, 부처의 나무가 되는 것이다. 부처의 나무란 그 어쩔 수 없음의 막다른 벼랑 앞에서 갇힌 자아, 함몰된 자아가 어떻게 자유를 얻고, 길을 찾아내는가를 보여준다. 불은 불을 가진 자, 혹은 불 가까이 있는 자만을 태운다. 불의 횡단적 운동 없이는 어떤 존재의 질적 전환도 이루지 못한다. 타오르고 있는 나무는 성숙에로 나아가는 통과의례를 치르고 있는 나무다. 공중으로 퍼져 나가는 불의 연기는 나무의 우화에의 꿈이 지어가는 내면의 은밀한 문장들인 것이다.

이명랑의 『슈거 푸시』는 위험한 소설이 아니다. 이 소설은 가족 내부에서 어떻게 욕망이 생산되고 생산된 욕망은 어떤 생태학을 갖는가를 보여준다. 그러나 가부장제 가족 내부의 파시즘과 억압을 드러내면서도 가족제도와 그것을 지탱하는 이데올로기를 깨지는 않는다. 여자와 남자의 범주화도 깨지지 않는다. 여성 화자는 그것 안에서 음흉스럽게, 조심스럽게, 은밀하게 제 존재의 의미를 일군다. "뒤꿈치로 음흉스럽게!/발끝으로 조심스럽게!/바닥에 볼을 비비며 은밀하게!"(219쪽) 여성 화자의 욕망과 무의식은 아직 강고한 가족제도의 규범적 질서를 깨고 나오기에는 그 동력이 미약하다. 소회는 그 미약함을 인지하고 있는 현실주의자다. 그래서 사회의 금기들을 위반하지 않으며 개별 이익과 공동 이익의 틈 사이에 난 길을 찾아내 그 길을 간다. 백화점 문화센터의 라틴댄스는 현실 모순이 완화되는 완충점이자, 개별 이익과 공동 이익의 틈 사이에 난 길이다. 소희는 배추흰나비처럼 그 길 위를 날아간다. 소희의 내부에 잠재된 반규범의 열정과 기획은 포말처럼 가족제도와 그 이데올로기 속으로 녹아들어간다.